思想的伟力

（图解版）

本书编写组　编

学习出版社

图书在版编目（CIP）数据

思想的伟力：图解版 /《思想的伟力》编写组编. --北京：学习出版社，2023.12

ISBN 978-7-5147-1220-9

Ⅰ.①思… Ⅱ.①思… Ⅲ.①习近平新时代中国特色社会主义思想—学习参考资料 Ⅳ. ①D610.4

中国国家版本馆CIP数据核字(2023)第158768号

思想的伟力（图解版）
SIXIANG DE WEILI（TUJIEBAN）
《思想的伟力》编写组 编

责任编辑：李 岩 翟晓波
技术编辑：刘 硕
装帧设计：鸿泰博峰

出版发行：学习出版社
　　　　　北京市崇外大街11号新成文化大厦B座11层（100062）
　　　　　010-66063020 010-66061634 010-66061646
网　　址：http：//www.xuexiph.cn
经　　销：新华书店
印　　刷：固安县铭成印刷有限公司

开　　本：710毫米×1000毫米 1/16
印　　张：15
字　　数：208千字
版次印次：2023年12月第1版 2023年12月第1次印刷
书　　号：ISBN 978-7-5147-1220-9
定　　价：49.80元

如有印装错误请与本社联系调换，电话：010-67081356

前　言

　　新时代中国共产党人坚持不懈用习近平新时代中国特色社会主义思想凝心铸魂，用党的创新理论统一思想、统一意志、统一行动，中国特色社会主义事业取得巨大成就。

　　习近平新时代中国特色社会主义思想作为马克思主义中国化时代化最新成果，是当代中国马克思主义、21世纪马克思主义。习近平新时代中国特色社会主义思想在理论探索上，以一系列原创性、战略性的重大思想观点，深化了对共产党执政规律、社会主义建设规律、人类社会发展规律的认识，形成了一个内涵丰富、系统完备、逻辑严密的思想体系；在实践上，贯穿改革发展稳定、内政外交国防、治党治国治军各个方面，主题鲜明、目标宏伟、方法具体，科学回答了中国之问、世界之问、人民之问、时代之问，闪耀着理论的光辉，彰显着思想的伟力，堪称博大精深、经天纬地的思想宝库。

　　为了更好地学习习近平新时代中国特色社会主义思想，将之用于统一思想、统一意志、统一行动、指导实践，我们邀请有关专家编写了本书。本书从16个方面，对党的十八大以来以习近平同志为核心的党中央提出的一系列原创性治国理政新理念新思想新战略进行了深入阐释，并辅以大量图示、图表等，直观、通俗、生动地介绍了习近平新时代中国特色社会主义思想的主要内容。

思想凝聚力量，旗帜引领方向。本书对于广大党员干部用习近平新时代中国特色社会主义思想武装头脑、凝心铸魂，深刻领悟"两个确立"的决定性意义，增强"四个意识"、坚定"四个自信"、做到"两个维护"，始终在思想上政治上行动上同以习近平同志为核心的党中央保持高度一致，为实现党的二十大提出的各项目标任务而团结奋斗，具有重要学习教育意义。

2023 年 7 月

目　录

第一讲

开辟马克思主义中国化时代化新境界

一 习近平新时代中国特色社会主义思想的重大理论和现实意义

二 习近平新时代中国特色社会主义思想的主要内容

三 中国特色的关键就在于"两个结合"

党的十八大以来，国内外形势新变化和实践新要求，迫切需要我们从理论和实践的结合上系统回答新时代坚持和发展什么样的中国特色社会主义、怎样坚持和发展中国特色社会主义等重大时代课题，包括新时代坚持和发展中国特色社会主义的总目标、总任务、总体布局、战略布局和发展方向、发展方式、发展动力、战略步骤、外部条件、政治保证等基本问题，并且根据新的实践对党的领导和党的建设、经济、政治、法治、科技、文化、教育、民生、民族、宗教、社会、生态文明、国家安全、国防和军队、"一国两制"和祖国统一、统一战线、外交等各方面作出新的理论概括和战略指引，以利于更好坚持和发展中国特色社会主义。

　　围绕一系列重大时代课题，以习近平同志为主要代表的中国共产党人坚持以马克思列宁主义、毛泽东思想、邓小平理论、"三个代表"重要思想、科学发展观为指导，坚持解放思想、实事求是，与时俱进、求真务实，坚持辩证唯物主义和历史唯物主义，紧密结合新的时代条件和实践要求，以全新的视野深化对共产党执政规律、社会主义建设规律、人类社会发展规律的认识，进行艰辛理论探索，取得重大理论创新成果，创立了习近平新时代中国特色社会主义思想。习近平总书记是习近平新时代中国特色社会主义思想的主要创立者。党的十九大把习近平新时代中国特色社会主义思想写入党章并确立为党的行动指南。十三届全国人大一次会议把习近平新时代中国特色社会主义思想载入宪法，实现了国家指导思想的与时俱进。

　　党的十八大以来的实践证明，习近平新时代中国特色社会主义思想是当代中国马克思主义、21 世纪马克思主义，是中华文化和中国精神的时代精华，是党和人民实践经验和集体智慧的结晶，是全党全国人民为实现中华民族伟大复兴而奋斗的行动指南，必须长期坚持并不断发展。

一、习近平新时代中国特色社会主义思想的 重大理论和现实意义

党的十九届六中全会通过的《中共中央关于党的百年奋斗重大成就和历史经验的决议》指出："习近平同志对关系新时代党和国家事业发展的一系列重大理论和实践问题进行了深邃思考和科学判断，就新时代坚持和发展什么样的中国特色社会主义、怎样坚持和发展中国特色社会主义，建设什么样的社会主义现代化强国、怎样建设社会主义现代化强国，建设什么样的长期执政的马克思主义政党、怎样建设长期执政的马克思主义政党等重大时代课题，提出一系列原创性的治国理政新理念新思想新战略，是习近平新时代中国特色社会主义思想的主要创立者。习近平新时代中国特色社会主义思想是当代中国马克思主义、二十一世纪马克思主义，是中华文化和中国精神的时代精华，实现了马克思主义中国化新的飞跃。"

习近平新时代中国特色社会主义思想是一个系统全面、逻辑严密、内涵丰富、内在统一的科学理论体系，涉及改革发展稳定、内政外交国防、治党治国治军各个方面，从理论上对中国特色社会主义作出了全方位、多角度、突破性、系统化的创新发展。习近平新时代中国特色社会主义思想科学回答了新时代中国发展的方向性质、目标路径、力量保证等一系列问题，擘画了全面建成社会主义现代化强国的新图景，以全新的视野深化了对共产党执政规律、社会主义建设规律、人

类社会发展规律的认识。习近平新时代中国特色社会主义思想，深刻体现了中国特色社会主义道路、理论、制度、文化的内在统一，深刻反映了中国特色社会主义理论逻辑、历史逻辑、实践逻辑的内在统一，对马克思主义哲学、马克思主义政治经济学、科学社会主义作出了重大创新发展。习近平新时代中国特色社会主义思想具有实践性、时代性、创造性的鲜明品格，视野极为开阔、气魄极为宏阔、境界极为高远，充分体现了当代中国共产党人的政治立场、价值追求、精神风范，充盈着高尚真挚的人民情怀、家国情怀、民族情怀、天下情怀。

1. 习近平新时代中国特色社会主义思想一以贯之、与时俱进坚持和发展了马克思主义，在当代中国、在 21 世纪开辟了马克思主义的崭新境界

马克思主义是我们立党立国、兴党兴国的根本指导思想。马克思主义深刻揭示了自然界、人类社会和人类思维发展的普遍规律，是指导人类社会发展进步的科学真理。尽管今天我们所处的时代同马克思

习近平新时代中国特色社会主义思想的
重大理论和现实意义

1	习近平新时代中国特色社会主义思想	一以贯之、与时俱进坚持和发展了马克思主义，在当代中国、在 21 世纪开辟了马克思主义的崭新境界
2	习近平新时代中国特色社会主义思想	科学回答了新时代坚持和发展中国特色社会主义的重大时代课题，实现了对中国特色社会主义建设规律认识的全新跃升
3	习近平新时代中国特色社会主义思想	立足于为人民谋幸福、为民族谋复兴、为世界谋大同，擘画了中国式现代化道路的美好图景

所处的时代相比发生了巨大而深刻的变化，但我们依然处在马克思主义所指明的历史时代。马克思主义理论不是教条而是行动指南，必须随着实践发展而发展，必须中国化才能落地生根、本土化才能深入人心。习近平总书记鲜明提出"坚持把马克思主义基本原理同中国具体实际相结合、同中华优秀传统文化相结合"。习近平新时代中国特色社会主义思想，始终把马克思主义作为中国共产党人的"真经"，始终坚持马克思主义基本原理，把马克思主义作为我们党和国家的指导思想，强调对马克思主义的信仰、对社会主义和共产主义的信念，是共产党人的政治灵魂，是共产党人经受住任何考验的精神支柱，坚持科学社会主义基本原则，坚持解放思想、实事求是、与时俱进这一马克思主义活的灵魂。习近平新时代中国特色社会主义思想，坚持运用辩证唯物主义和历史唯物主义世界观方法论观察世界、引领时代、指导实践，深刻揭示了马克思主义的理论特质，深刻阐明了马克思主义在中国创新发展的内在机理，从广度和深度上大大深化了对马克思主义中国化的规律性认识，集中体现了马克思主义鲜明的理论品格和精神实质，充分彰显了当代中国共产党人强大的政治定力和理论自信。

2. 习近平新时代中国特色社会主义思想科学回答了新时代坚持和发展中国特色社会主义的重大时代课题，实现了对中国特色社会主义建设规律认识的全新跃升

把坚持马克思主义和发展马克思主义统一起来，结合新的实践不断作出新的理论创造，是马克思主义永葆生机活力的奥妙所在。习近平新时代中国特色社会主义思想为丰富发展马克思主义作出了原创性贡献。比如，在马克思主义哲学方面，提出新时代我国社会主要矛盾发生变化的思想，是对马克思主义社会矛盾学说的新发展；强调要提高科学思维能力，要观大势、定大局、谋大事，要坚持系统观念，要强化问题导向，要抓重点、抓关键、抓牛鼻子等，是对马克思

主义认识论、实践论的新发展。又如，在马克思主义政治经济学方面，提出创新、协调、绿色、开放、共享的新发展理念，是对马克思主义生产力理论的新发展；提出坚持和完善社会主义基本经济制度，使市场在资源配置中起决定性作用和更好发挥政府作用等思想，是对马克思主义经济学说的新发展。再如，在科学社会主义方面，提出坚持和加强党的全面领导、推进党的自我革命，是对马克思主义建党学说的新发展；提出坚持和完善中国特色社会主义制度、推进国家治理体系和治理能力现代化，是对马克思主义国家学说的新发展；提出构建人类命运共同体的理念，是对马克思主义世界历史理论的新发展。习近平新时代中国特色社会主义思想，植根中华历史文化的深厚土壤，充分汲取博大精深的中华优秀传统文化所蕴含的丰富哲学思想、人文精神、道德理念，充盈着浓郁的中国味、深厚的中华情、浩然的民族魂和鲜明的时代特征，集中而深刻地彰显了中华民族独特的优秀文化传统与精神风范，集中而深刻地展现了中国共产党人崇高的理想信念与初心使命，成功实现了中华优秀传统文化的创造性转化和创新性发展，是中华文化和中国精神的时代精华，使科学社会主义在21世纪的中国焕发出新的勃勃生机，实现了马克思主义中国化时代化的历史性飞跃、创造性升华。

3. 习近平新时代中国特色社会主义思想立足于为人民谋幸福、为民族谋复兴、为世界谋大同，擘画了中国式现代化道路的美好图景

习近平新时代中国特色社会主义思想，科学总结了我们党关于社会主义现代化建设的宝贵经验，积极借鉴了世界其他国家现代化建设的经验教训，深化拓展了建设社会主义现代化强国的科学内涵，明确了实现这一目标的路径选择、重要原则、战略安排，是引领我们实现第二个百年奋斗目标的科学指南和行动纲领。这一思想，坚守中国共产党人为人民谋幸福的初心，坚持人民主体地位，坚持一切为了人

民、一切依靠人民，彰显了人民是历史的创造者、人民是真正英雄的唯物史观，彰显了以人为本、人民至上的价值取向，彰显了立党为公、执政为民的执政理念。这一思想，承载中国共产党人为民族谋复兴的使命，擘画实现民族复兴中国梦的宏伟蓝图，高扬中华民族伟大创造精神、伟大奋斗精神、伟大团结精神、伟大梦想精神，传承和弘扬中华优秀传统文化，为实现中华民族伟大复兴提供了强大精神力量。这一思想，担当中国共产党人为世界谋大同的责任，饱含对人类发展重大问题的睿智思考和独特创见，洞察时代风云，把握时代脉搏，引领时代潮流，为应对全球共同挑战、共同问题提供了中国智慧、中国方案、中国力量，给世界上那些既希望加快发展又希望保持自身独立性的国家和民族提供了全新选择，为推动构建人类命运共同体、维护人类共同利益和共同价值作出了重要贡献。

二、习近平新时代中国特色社会主义思想的主要内容

党的二十大报告指出，"十九大、十九届六中全会提出的'十个明确'、'十四个坚持'、'十三个方面成就'概括了这一思想的主要内容"。

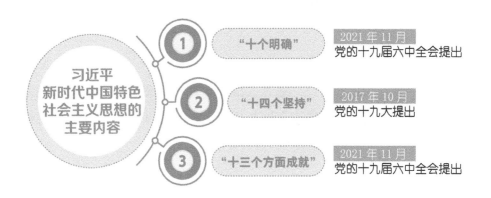

（一）"十个明确"

党的十九届六中全会通过的《中共中央关于党的百年奋斗重大成就和历史经验的决议》用"十个明确"概括了习近平新时代中国特色社会主义思想的核心内容。

1.明确中国特色社会主义最本质的特征是中国共产党领导，中国特色社会主义制度的最大优势是中国共产党领导，中国共产党是最高政治领导力量，全党必须增强"四个意识"、坚定"四个自信"、做到"两个维护"

中国共产党是中国特色社会主义事业的坚强领导核心。坚持党的领导是党和国家的根本所在、命脉所在，是全国各族人民的利益所系、幸福所系。党政军民学，东西南北中，党是领导一切的，党是最高政治领导力量，各个领域、各个方面都必须坚定自觉地坚持党的领导。党的政治建设是党的根本性建设，决定党的建设方向和效果。保证全党服从中央，坚持党中央权威和集中统一领导，是党的政治建设的首要任务。广大党员干部要自觉增强政治意识、大局意识、核心意识、看齐意识，认真贯彻落实新时代党的建设总要求，坚定执行党的政治路线，严格遵守政治纪律和政治规矩，在政治立场、政治方向、政治原则、政治道路上同以习近平同志为核心的党中央保持高度一致。

2.明确坚持和发展中国特色社会主义，总任务是实现社会主义现代化和中华民族伟大复兴，在全面建成小康社会的基础上，分两步走在本世纪中叶建成富强民主文明和谐美丽的社会主义现代化强国，以中国式现代化推进中华民族伟大复兴

实现现代化是近代以来中国人民不懈的追求，实现中华民族伟大

复兴是近代以来中华民族最伟大的梦想。社会主义现代化是中华民族伟大复兴的核心内容，中华民族伟大复兴是社会主义现代化的形象表达，两者在本质上是一致的，根本目的都是实现国家富强、民族振兴、人民幸福。从全面建成小康社会到基本实现现代化，再到全面建成社会主义现代化强国，是新时代中国特色社会主义发展的战略安排。需要明确的是，我们要搞的是社会主义现代化，而不是西方模式的现代化。这个现代化只有沿着中国特色社会主义道路才能行得通、走得好，中国特色社会主义只有坚持现代化的奋斗目标才能得到更好坚持和发展。

 深阅读

　　习近平新时代中国特色社会主义思想深刻回答一系列重大时代课题，形成了系统全面、逻辑严密、内涵丰富、内在统一的科学理论体系。习近平新时代中国特色社会主义思想坚持把马克思主义基本原理同中国具体实际相结合、同中华优秀传统文化相结合，以原创性理论贡献标注了马克思主义发展的新高度；深刻回答新时代坚持和发展什么样的中国特色社会主义、怎样坚持和发展中国特色社会主义的重大时代课题，实现了对中国特色社会主义建设规律认识的新跃升；深刻回答建设什么样的社会主义现代化强国、怎样建设社会主义现代化强国的重大时代课题，进一步指明了中国式现代化道路的新图景；深刻回答建设什么样的长期执政的马克思主义政党、怎样建设长期执政的马克思主义政党的重大时代课题，指引开辟了管党治党、兴党强党的新境界。

　　（摘编自《马克思主义中国化新的飞跃——深入学习领会"十个明确"的精神实质和丰富内涵①》，《人民日报》2022年3月23日）

3.明确新时代我国社会主要矛盾是人民日益增长的美好生活需要和不平衡不充分的发展之间的矛盾，必须坚持以人民为中心的发展思想，发展全过程人民民主，推动人的全面发展、全体人民共同富裕取得更为明显的实质性进展

经过改革开放 40 多年的发展，我国解决了 14 亿多人的温饱问题，全面建成小康社会，社会生产力水平总体上显著提高，社会生产能力在很多方面进入世界前列，人民美好生活需要日益广泛，不仅对物质文化生活提出了更高要求，而且在民主、法治、公平、正义、安全、环境等方面的要求日益增长，发展不平衡不充分问题更加突出，这已经成为满足人民日益增长的美好生活需要的主要制约因素。因此，必须在继续推动发展的基础上，着力解决好发展不平衡不充分问题，大力提升发展质量和效益，更好满足人民在经济、政治、文化、社会、生态文明等方面日益增长的需要，推动人的全面发展、全体人民共同富裕取得更为明显的实质性进展。

4.明确中国特色社会主义事业总体布局是经济建设、政治建设、文化建设、社会建设、生态文明建设五位一体，战略布局是全面建设社会主义现代化国家、全面深化改革、全面依法治国、全面从严治党四个全面

党的十八大以来，我们党形成并积极推进经济建设、政治建设、文化建设、社会建设、生态文明建设"五位一体"总体布局，形成并积极推进全面建成小康社会（全面建设社会主义现代化国家）、全面深化改革、全面依法治国、全面从严治党"四个全面"战略布局。"五位一体"和"四个全面"相互促进、统筹联动，深化了我们党对社会主义建设规律的认识，是事关党和国家长远发展的总战略。坚持和发展中国特色社会主义，必须统筹推进"五位一体"总体布局和协

调推进"四个全面"战略布局。

5.明确全面深化改革总目标是完善和发展中国特色社会主义制度、推进国家治理体系和治理能力现代化

只有社会主义才能救中国，只有改革开放才能发展中国、发展社会主义、发展马克思主义。改革开放只有进行时，没有完成时。现在，改革进入深水区和攻坚期，必须加强改革顶层设计，敢于直面问题，敢于啃硬骨头、闯难关，坚决破除一切不合时宜的思想观念和体制机制弊端，突破利益固化的藩篱，吸收人类文明有益成果，构建系统完备、科学规范、运行有效的制度体系，充分发挥我国社会主义制度优越性。全面深化改革的总目标是完善和发展中国特色社会主义制度、推进国家治理体系和治理能力现代化。这个总目标，既规定根本方向是中国特色社会主义道路而不是其他什么道路，又规定在根本方向指引下完善和发展中国特色社会主义制度的鲜明指向。推进国家治理体系和治理能力现代化，就是要使各方面制度更加科学、更加完善，实现党、国家、社会各项事务治理制度化、规范化、程序化，善于运用制度和法律治理国家，提高党科学执政、民主执政、依法执政水平。

6.明确全面推进依法治国总目标是建设中国特色社会主义法治体系、建设社会主义法治国家

全面依法治国是中国特色社会主义的本质要求和重要保障。全面依法治国，必须把党的领导贯彻落实到依法治国全过程和各方面，坚定不移走中国特色社会主义法治道路，完善以宪法为核心的中国特色社会主义法律体系，建设中国特色社会主义法治体系，建设社会主义法治国家，发展中国特色社会主义法治理论。要加快形成完备的法律规范体系、高效的法治实施体系、严密的法治监督体系、有力的法治保障体系，形成完善的党内法规体系。全面依法治国是国家治理的一

场深刻革命，必须坚持厉行法治，推进科学立法、严格执法、公正司法、全民守法。要在全社会牢固树立宪法法律权威，弘扬宪法精神，任何组织和个人都必须在宪法法律范围内活动，都不得有超越宪法法律的特权。

从"八个明确"到"十个明确"

"八个明确"第八条

明确中国特色社会主义最本质的特征是中国共产党领导，中国特色社会主义制度的最大优势是中国共产党领导，党是最高政治领导力量，提出新时代党的建设总要求，突出政治建设在党的建设中的重要地位

"十个明确"第一条

明确中国特色社会主义最本质的特征是中国共产党领导，中国特色社会主义制度的最大优势是中国共产党领导，中国共产党是最高政治领导力量，全党必须增强"四个意识"、坚定"四个自信"、做到"两个维护"

"八个明确"第一条

明确坚持和发展中国特色社会主义，总任务是实现社会主义现代化和中华民族伟大复兴，在全面建成小康社会的基础上，分两步走在本世纪中叶建成富强民主文明和谐美丽的社会主义现代化强国

"十个明确"第二条

明确坚持和发展中国特色社会主义，总任务是实现社会主义现代化和中华民族伟大复兴，在全面建成小康社会的基础上，分两步走在本世纪中叶建成富强民主文明和谐美丽的社会主义现代化强国，以中国式现代化推进中华民族伟大复兴

"八个明确"第二条

明确新时代我国社会主要矛盾是人民日益增长的美好生活需要和不平衡不充分的发展之间的矛盾，必须坚持以人民为中心的发展思想，不断促进人的全面发展、全体人民共同富裕

"十个明确"第三条

明确新时代我国社会主要矛盾是人民日益增长的美好生活需要和不平衡不充分的发展之间的矛盾，必须坚持以人民为中心的发展思想，发展全过程人民民主，推动人的全面发展、全体人民共同富裕取得更为明显的实质性进展

"八个明确"第三条

明确中国特色社会主义事业总体布局是"五位一体"，战略布局是"四个全面"，强调坚定道路自信、理论自信、制度自信、文化自信

"十个明确"第四条

明确中国特色社会主义事业总体布局是经济建设、政治建设、文化建设、社会建设、生态文明建设五位一体，战略布局是全面建设社会主义现代化国家、全面深化改革、全面依法治国、全面从严治党四个全面

接上图

"八个明确"第四条

明确全面深化改革总目标是完善和发展中国特色社会主义制度、推进国家治理体系和治理能力现代化

➡️

"十个明确"第五条

明确全面深化改革总目标是完善和发展中国特色社会主义制度、推进国家治理体系和治理能力现代化

"八个明确"第五条

明确全面推进依法治国总目标是建设中国特色社会主义法治体系、建设社会主义法治国家

➡️

"十个明确"第六条

明确全面推进依法治国总目标是建设中国特色社会主义法治体系、建设社会主义法治国家

"十个明确"第七条

明确必须坚持和完善社会主义基本经济制度，使市场在资源配置中起决定性作用，更好发挥政府作用，把握新发展阶段，贯彻创新、协调、绿色、开放、共享的新发展理念，加快构建以国内大循环为主体、国内国际双循环相互促进的新发展格局，推动高质量发展，统筹发展和安全 （此条为新增内容）

"八个明确"第六条

明确党在新时代的强军目标是建设一支听党指挥、能打胜仗、作风优良的人民军队，把人民军队建设成为世界一流军队

➡️

"十个明确"第八条

明确党在新时代的强军目标是建设一支听党指挥、能打胜仗、作风优良的人民军队，把人民军队建设成为世界一流军队

"八个明确"第七条

明确中国特色大国外交要推动构建新型国际关系，推动构建人类命运共同体

➡️

"十个明确"第九条

明确中国特色大国外交要服务民族复兴、促进人类进步，推动建设新型国际关系，推动构建人类命运共同体

"十个明确"第十条

明确全面从严治党的战略方针，提出新时代党的建设总要求，全面推进党的政治建设、思想建设、组织建设、作风建设、纪律建设，把制度建设贯穿其中，深入推进反腐败斗争，落实管党治党政治责任，以伟大自我革命引领伟大社会革命 （此条为新增内容）

■ 新表述　■ 原有表述

7. 明确必须坚持和完善社会主义基本经济制度，使市场在资源配置中起决定性作用，更好发挥政府作用，把握新发展阶段，贯彻创新、协调、绿色、开放、共享的新发展理念，加快构建以国内大循环为主体、国内国际双循环相互促进的新发展格局，推动高质量发展，统筹发展和安全

高质量发展是全面建设社会主义现代化国家的首要任务。我国已经进入高质量发展阶段，但发展不平衡不充分问题仍然突出，发展中的矛盾和问题集中体现在发展质量上。从发展逻辑来看，从规模速度型粗放增长转向质量效率型集约增长，从要素投资驱动转向创新驱动，这是实现高质量发展的必由之路。要紧紧围绕使市场在资源配置中起决定性作用深化经济体制改革，处理好政府和市场的关系。要加快构建新发展格局，深刻认识到新发展理念是具有内在联系的集合体，既相互贯通又相互促进，其中创新是第一动力、协调是内生特点、绿色是普遍形态、开放是必由之路、共享是根本目的，做到创新发展、协调发展、绿色发展、开放发展、共享发展的一体把握、协同推进。

牢牢把握高质量发展这个首要任务，习近平总书记强调"四个必须"

必须完整、准确、全面贯彻新发展理念，始终以创新、协调、绿色、开放、共享的内在统一来把握发展、衡量发展、推动发展

必须更好统筹质的有效提升和量的合理增长，始终坚持质量第一、效益优先，大力增强质量意识，视质量为生命，以高质量为追求

必须坚定不移深化改革开放、深入转变发展方式，以效率变革、动力变革促进质量变革，加快形成可持续的高质量发展体制机制

必须以满足人民日益增长的美好生活需要为出发点和落脚点，把发展成果不断转化为生活品质，不断增强人民群众的获得感、幸福感、安全感

8. 明确党在新时代的强军目标是建设一支听党指挥、能打胜仗、作风优良的人民军队，把人民军队建设成为世界一流军队

建设一支听党指挥、能打胜仗、作风优良的人民军队，是全面建设社会主义现代化国家、以中国式现代化全面推进中华民族伟大复兴的战略支撑。听党指挥是人民军队的建军之本、强军之魂，必须坚决贯彻党对军队绝对领导的根本原则和制度，坚决听从党中央和中央军委指挥；能打胜仗是核心，必须始终聚焦备战打仗，锻造召之即来、来之能战、战之必胜的精兵劲旅；作风优良是保证，必须培养有灵魂、有本事、有血性、有品德的新一代革命军人，锻造铁一般信仰、铁一般信念、铁一般纪律、铁一般担当的过硬部队，永葆人民军队的性质、宗旨、本色。要坚持政治建军、改革强军、科技强军、人才强军、依法治军，坚持走中国特色强军之路，全面推进国防和军队现代化，到本世纪中叶把人民军队全面建成世界一流军队。

9. 明确中国特色大国外交要服务民族复兴、促进人类进步，推动建设新型国际关系，推动构建人类命运共同体

当今世界，各国相互依存、休戚与共。没有哪个国家能够独自应对人类面临的各种挑战，也没有哪个国家能够退回到自我封闭的孤岛。中国始终不渝走和平发展道路、坚定奉行互利共赢的开放战略，坚持正确义利观，推动建设相互尊重、公平正义、合作共赢的新型国际关系。中国尊重各国人民自主选择发展道路的权利，维护国际公平正义，反对把自己的意志强加于人，反对干涉别国内政，反对以强凌弱。中国秉持共商共建共享的全球治理观，倡导国际关系民主化，坚持国家不分大小、强弱、贫富一律平等。中国愿与各国人民同心协力构建人类命运共同体，建设持久和平、普遍安全、共同繁荣、开放包容、清洁美丽的世界。

10. 明确全面从严治党的战略方针，提出新时代党的建设总要求，全面推进党的政治建设、思想建设、组织建设、作风建设、纪律建设，把制度建设贯穿其中，深入推进反腐败斗争，落实管党治党政治责任，以伟大自我革命引领伟大社会革命

新时代党的建设总要求是：坚持和加强党的全面领导，坚持党要管党、全面从严治党，以加强党的长期执政能力建设、先进性和纯洁性建设为主线，以党的政治建设为统领，以坚定理想信念宗旨为根基，以调动全党积极性、主动性、创造性为着力点，全面推进党的政治建设、思想建设、组织建设、作风建设、纪律建设，把制度建设贯穿其中，深入推进反腐败斗争，不断提高党的建设质量，把党建设成为始终走在时代前列、人民衷心拥护、勇于自我革命、经得起各种风浪考验、朝气蓬勃的马克思主义执政党。全面建设社会主义现代化国家、全面推进中华民族伟大复兴，关键在党。必须持之以恒推进全面从严治党，深入推进新时代党的建设新的伟大工程，以党的自我革命引领社会革命。重点任务主要有：坚持和加强党中央集中统一领导；坚持不懈用习近平新时代中国特色社会主义思想凝心铸魂；完善党的自我革命制度规范体系；建设堪当民族复兴重任的高素质干部队伍，增强党组织政治功能和组织功能；坚持以严的基调强化正风肃纪；坚决打赢反腐败斗争攻坚战持久战。

（二）"十四个坚持"

党的十九大报告把习近平新时代中国特色社会主义思想的精神实质和丰富内涵概括为"十四个坚持"。这"十四个坚持"构成了新时代坚持和发展中国特色社会主义的基本方略。

1. 坚持党对一切工作的领导

党政军民学，东西南北中，党是领导一切的。必须增强政治意识、大局意识、核心意识、看齐意识，自觉维护党中央权威和集中统一领导，自觉在思想上政治上行动上同党中央保持高度一致，完善坚持党的领导的体制机制，坚持稳中求进工作总基调，统筹推进"五位一体"总体布局，协调推进"四个全面"战略布局，提高党把方向、谋大局、定政策、促改革的能力和定力，确保党始终总揽全局、协调各方。

2. 坚持以人民为中心

人民是历史的创造者，是决定党和国家前途命运的根本力量。必须坚持人民主体地位，坚持立党为公、执政为民，践行全心全意为人民服务的根本宗旨，把党的群众路线贯彻到治国理政全部活动之中，把人民对美好生活的向往作为奋斗目标，依靠人民创造历史伟业。

3. 坚持全面深化改革

只有社会主义才能救中国，只有改革开放才能发展中国、发展社会主义、发展马克思主义。必须坚持和完善中国特色社会主义制度，不断推进国家治理体系和治理能力现代化，坚决破除一切不合时宜的思想观念和体制机制弊端，突破利益固化的藩篱，吸收人类文明有益成果，构建系统完备、科学规范、运行有效的制度体系，充分发挥我国社会主义制度优越性。

4. 坚持新发展理念

发展是解决我国一切问题的基础和关键，发展必须是科学发展，必须坚定不移贯彻创新、协调、绿色、开放、共享的新发展理念。必须坚持和完善我国社会主义基本经济制度和分配制度，毫不动摇巩固和发展公有制经济，毫不动摇鼓励、支持、引导非公有制经济发展，使市场在资源配置中起决定性作用，更好发挥政府作用，推动新型工业化、信息化、城镇化、农业现代化同步发展，主动参与和推动经济全球化进程，发展更高层次的开放型经济，不断壮大我国经济实力和综合国力。

5. 坚持人民当家作主

坚持党的领导、人民当家作主、依法治国有机统一是社会主义政治发展的必然要求。必须坚持中国特色社会主义政治发展道路，坚持和完善人民代表大会制度、中国共产党领导的多党合作和政治协商制度、民族区域自治制度、基层群众自治制度，巩固和发展最广泛的爱国统一战线，发展社会主义协商民主，健全民主制度，丰富民主形式，拓宽民

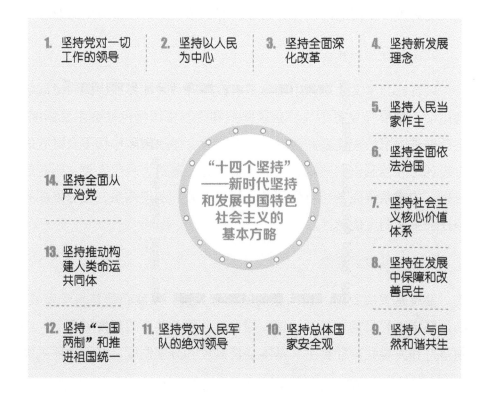

主渠道，保证人民当家作主落实到国家政治生活和社会生活之中。

6. 坚持全面依法治国

全面依法治国是中国特色社会主义的本质要求和重要保障。必须把党的领导贯彻落实到依法治国全过程和各方面，坚定不移走中国特色社会主义法治道路，完善以宪法为核心的中国特色社会主义法律体系，建设中国特色社会主义法治体系，建设社会主义法治国家，发展中国特色社会主义法治理论，坚持依法治国、依法执政、依法行政共同推进，坚持法治国家、法治政府、法治社会一体建设，坚持依法治国和以德治国相结合，依法治国和依规治党有机统一，深化司法体制改革，提高全民族法治素养和道德素质。

7. 坚持社会主义核心价值体系

文化自信是一个国家、一个民族发展中更基本、更深沉、更持久的力量。必须坚持马克思主义，牢固树立共产主义远大理想和中国特色社会主义共同理想，培育和践行社会主义核心价值观，不断增强意识形态领域主导权和话语权，推动中华优秀传统文化创造性转化、创新性发展，继承革命文化，发展社会主义先进文化，不忘本来、吸收外来、面向未来，更好构筑中国精神、中国价值、中国力量，为人民提供精神指引。

8. 坚持在发展中保障和改善民生

增进民生福祉是发展的根本目的。必须多谋民生之利、多解民生之忧，在发展中补齐民生短板、促进社会公平正义，在幼有所育、学有所教、劳有所得、病有所医、老有所养、住有所居、弱有所扶上不断取得新进展，深入开展脱贫攻坚，保证全体人民在共建共享发展中有更多获得感，不断促进人的全面发展、全体人民共同富裕。建设平安中国，加强和创新社会治理，维护社会和谐稳定，确保国家长治久安、人民安居乐业。

9. 坚持人与自然和谐共生

建设生态文明是中华民族永续发展的千年大计。必须树立和践行绿水青山就是金山银山的理念，坚持节约资源和保护环境的基本国策，像对待生命一样对待生态环境，统筹山水林田湖草沙一体化保护和系统治理，实行最严格的生态环境保护制度，形成绿色发展方式和生活方式，坚定走生产发展、生活富裕、生态良好的文明发展道路，建设美丽中国，为人民创造良好生产生活环境，为全球生态安全作出贡献。

10. 坚持总体国家安全观

统筹发展和安全，增强忧患意识，做到居安思危，是我们党治国理政的一个重大原则。必须坚持国家利益至上，以人民安全为宗旨，以政治安全为根本，统筹外部安全和内部安全、国土安全和国民安全、传统安全和非传统安全、自身安全和共同安全，完善国家安全制度体系，加强国家安全能力建设，坚决维护国家主权、安全、发展利益。

11. 坚持党对人民军队的绝对领导

建设一支听党指挥、能打胜仗、作风优良的人民军队，是实现"两个一百年"奋斗目标、实现中华民族伟大复兴的战略支撑。必须全面贯彻党领导人民军队的一系列根本原则和制度，确立新时代党的强军思想在国防和军队建设中的指导地位，坚持政治建军、改革强军、科技兴军、依法治军，更加注重聚焦实战，更加注重创新驱动，更加注重体系建设，更加注重集约高效，更加注重军民融合，实现党在新时代的强军目标。

"十四个坚持"根据中国特色社会主义进入新时代的发展要求，从经济、政治、法治、科技、文化、教育、民生、民族、宗教、社会、生态文明、国家安全、国防和军队、"一国两制"和祖国统一、统一战线、外交、党的建设等各个方面对怎样坚持和发展中国特色社会主义作出了理论分析和政策指导。在"十四个坚持"的基本方略中，既有总体性方略，又有各个领域、各个方面的具体性方略。总体方略和具体方略共同回答了新时代怎样坚持和发展中国特色社会主义的理论、政策和方略问题，是新时代坚持和发展中国特色社会主义的理论指导和行动纲领。

（摘编自《"十四个坚持"在逻辑统一和规律认知上的深化》，《人民论坛》2019年第19期，作者：任洁）

12. 坚持"一国两制"和推进祖国统一

保持香港、澳门长期繁荣稳定，实现祖国完全统一，是实现中华民族伟大复兴的必然要求。必须把维护中央对香港、澳门特别行政区全面管治权和保障特别行政区高度自治权有机结合起来，确保"一

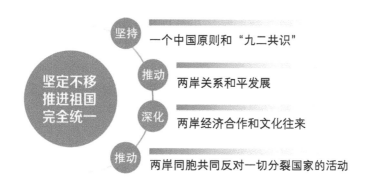

坚持——一个中国原则和"九二共识"

坚定不移推进祖国完全统一

推动——两岸关系和平发展

深化——两岸经济合作和文化往来

推动——两岸同胞共同反对一切分裂国家的活动

国两制"方针不会变、不动摇，确保"一国两制"实践不变形、不走样。必须坚持一个中国原则，坚持"九二共识"，推动两岸关系和平发展，深化两岸经济合作和文化往来，推动两岸同胞共同反对一切分裂国家的活动，共同为实现中华民族伟大复兴而奋斗。

13. 坚持推动构建人类命运共同体

中国人民的梦想同各国人民的梦想息息相通，实现中国梦离不开和平的国际环境和稳定的国际秩序。必须统筹国内国际两个大局，始终不渝走和平发展道路、奉行互利共赢的开放战略，坚持正确义利观，树立共同、综合、合作、可持续的新安全观，谋求开放创新、包容互惠的发展前景，促进和而不同、兼收并蓄的文明交流，构筑尊崇自然、绿色发展的生态体系，始终做世界和平的建设者、全球发展的贡献者、国际秩序的维护者。

14. 坚持全面从严治党

勇于自我革命，从严管党治党，是我们党最鲜明的品格。必须以党章为根本遵循，把党的政治建设摆在首位，思想建党和制度治党同向发力，统筹推进党的各项建设，抓住"关键少数"，坚持"三严三实"，坚持民主集中制，严肃党内政治生活，严明党的纪律，强化党内监督，发展积极健康的党内政治文化，全面净化党内政治生态，坚决纠正各种不正之风，以零容忍态度惩治腐败，不断增强党自我净化、自我完善、自我革新、自我提高的能力，始终保持党同人民群众的血肉联系。

（三）"十三个方面成就"

党的十九届六中全会通过的《中共中央关于党的百年奋斗重大成就和历史经验的决议》指出："以习近平同志为核心的党中央，以伟大的历史主动精神、巨大的政治勇气、强烈的责任担当，统筹国内国际两个大局，贯彻党的基本理论、基本路线、基本方略，统揽伟大斗争、伟大工程、伟大事业、伟大梦想，坚持稳中求进工作总基调，出台一系列重大方针政策，推出一系列重大举措，推进一系列重大工作，战胜一系列重大风险挑战，解决了许多长期想解决而没有解决的难题，办成了许多过去想办而没有办成的大事，推动党和国家事业取得历史性成就、发生历史性变革。"

1. 在坚持党的全面领导上

以习近平同志为核心的党中央旗帜鲜明提出，党的领导是党和国家的根本所在、命脉所在，是全国各族人民的利益所系、命运所系，全党必须自觉在思想上政治上行动上同党中央保持高度一致，提高科学执政、民主执政、依法执政水平，提高把方向、谋大局、定政策、促改革的能力，确保充分发挥党总揽全局、协调各方的领导核心作用。

党的十八大以来，党中央权威和集中统一领导得到有力保证，党的领导制度体系不断完善，党的领导方式更加科学，全党思想上更加统一、政治上更加团结、行动上更加一致，党的政治领导力、思想引领力、群众组织力、社会号召力显著增强。

2. 在全面从严治党上

习近平总书记强调，打铁必须自身硬，办好中国的事情，关键在党，关键在党要管党、全面从严治党。必须以加强党的长期执政能力建设、先进性和纯洁性建设为主线，以党的政治建设为统领，以坚定理想信念宗旨为根基，以调动全党积极性、主动性、创造性为着力点，不断提高党的建设质量，把党建设成为始终走在时代前列、人民衷心拥护、勇于自我革命、经得起各种风浪考验、朝气蓬勃的马克思主义执政党。党以永远在路上的清醒和坚定，坚持严的主基调，突出抓住"关键少数"，落实主体责任和监督责任，强化监督执纪问责，把全面从严治党贯穿于党的建设各方面。党中央召开各领域党建工作会议作出有力部署，推动党的建设全面进步。

党的十八大以来，经过坚决斗争，全面从严治党的政治引领和政治保障作用充分发挥，党的自我净化、自我完善、自我革新、自我提高能力显著增强，管党治党宽松软状况得到根本扭转，反腐败斗争取得压倒性胜利并全面巩固，消除了党、国家、军队内部存在的严重隐患，党在革命性锻造中更加坚强。

3. 在经济建设上

党中央强调，贯彻新发展理念是关系我国发展全局的一场深刻变革，不能简单以生产总值增长率论英雄，必须实现创新成为第一动力、协调成为内生特点、绿色成为普遍形态、开放成为必由之路、共享成为根本目的的高质量发展，推动经济发展质量变革、效率变革、

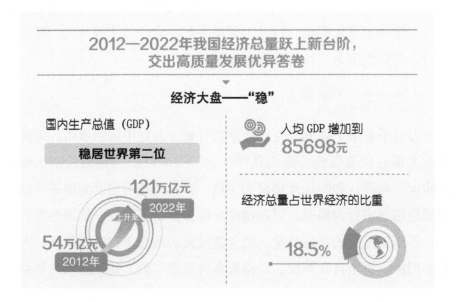

2012—2022年我国经济总量跃上新台阶，交出高质量发展优异答卷

经济大盘——"稳"

国内生产总值（GDP）

稳居世界第二位

121万亿元 2022年

上升至

54万亿元 2012年

人均 GDP 增加到 85698元

经济总量占世界经济的比重

18.5%

发展质量——"升"

城镇化率提高到 65.2%

粮食产量增加到 68653万吨

科技进步贡献率提高到 60%以上

第1 从制造大国加快转向制造强国，服务业稳居国民经济第一大产业

全社会研发经费支出

10000亿元 30900亿元
2012年 2022年

第1 研发人员总量居世界首位

第1 制造业规模稳居世界第一

第1 外汇储备稳居世界第一

数据来源：国家统计局网站

动力变革。

党的十八大以来，我国经济发展平衡性、协调性、可持续性明显增强，国内生产总值突破百万亿元大关，人均国内生产总值超过1万美元，国家经济实力、科技实力、综合国力跃上新台阶，我国经济迈上更高质量、更有效率、更加公平、更可持续、更为安全的发展之路。

4.在全面深化改革开放上

党中央深刻认识到，实践发展永无止境，解放思想永无止境，改革开放也永无止境，改革只有进行时、没有完成时，停顿和倒退没有出路，必须以更大的政治勇气和智慧推进全面深化改革，敢于啃硬骨头，敢于涉险滩，突出制度建设，注重改革关联性和耦合性，真枪真刀推进改革，有效破除各方面体制机制弊端。

党的十八大以来，党不断推动全面深化改革向广度和深度进军，中国特色社会主义制度更加成熟更加定型，国家治理体系和治理能力现代化水平不断提高，党和国家事业焕发出新的生机活力。

5. 在政治建设上

党从国内外政治发展成败得失中深刻认识到，坚定中国特色社会主义制度自信首先要坚定对中国特色社会主义政治制度的自信，建设社会主义民主政治，发展社会主义政治文明，必须使中国特色社会主义政治制度深深扎根于中国社会土壤，照抄照搬他国政治制度行不通，甚至会把国家前途命运葬送掉。必须坚持党的领导、人民当家作主、依法治国有机统一，积极发展全过程人民民主，健全全面、广泛、有机衔接的人民当家作主制度体系，构建多样、畅通、有序的民主渠道，丰富民主形式，从各层次各领域扩大人民有序政治参与，使各方面制度和国家治理更好体现人民意志、保障人民权益、激发人民创造。必须警惕和防范西方所谓"宪政"、多党轮流执政、"三权鼎立"等政治思潮的侵蚀影响。

党的十八大以来，我国社会主义民主政治制度化、规范化、程序化全面推进，中国特色社会主义政治制度优越性得到更好发挥，生动活泼、安定团结的政治局面得到巩固和发展。

6. 在全面依法治国上

党中央强调，法治兴则国家兴，法治衰则国家乱；全面依法治国是中国特色社会主义的本质要求和重要保障，是国家治理的一场深刻革命；坚持依法治国首先要坚持依宪治国，坚持依法执政首先要坚持依宪执政。必须坚持中国特色社会主义法治道路，贯彻中国特色社会主义法治理论，坚持依法治国、依法执政、依法行政共同推进，坚持法治国家、法治政府、法治社会一体建设，全面增强全社会尊法学法守法用法意识和能力。

党的十八大以来，中国特色社会主义法治体系不断健全，法治中

**党的十八大以来，中国特色社会主义
法治体系不断健全**

一是坚持依宪治国，宪法法律权威得到有效维护

二是坚持科学立法、民主立法，以宪法为核心的中国特色
社会主义法律体系更加完备

三是坚持依法行政，法治政府建设全面提速

四是坚持公正司法，社会主义司法制度不断完善

五是坚持全民守法，法治社会建设迈入新阶段

六是坚持依规治党，形成比较完善的党内法规体系

国建设迈出坚实步伐，法治固根本、稳预期、利长远的保障作用进一步发挥，党运用法治方式领导和治理国家的能力显著增强。

7. 在文化建设上

党准确把握世界范围内思想文化相互激荡、我国社会思想观念深刻变化的趋势，强调意识形态工作是为国家立心、为民族立魂的工作，文化自信是更基础、更广泛、更深厚的自信，是一个国家、一个民族发展中最基本、最深沉、最持久的力量，没有高度文化自信、没有文化繁荣兴盛就没有中华民族伟大复兴。

党的十八大以来，我国意识形态领域形势发生全局性、根本性转变，全党全国各族人民文化自信明显增强，全社会凝聚力和向心力极大提升，为新时代开创党和国家事业新局面提供了坚强思想保证和强大精神力量。

8. 在社会建设上

党中央强调，人民对美好生活的向往就是我们的奋斗目标，增进

民生福祉是我们坚持立党为公、执政为民的本质要求，让老百姓过上好日子是我们一切工作的出发点和落脚点，补齐民生保障短板、解决好人民群众急难愁盼问题是社会建设的紧迫任务。

党的十八大以来，我国社会建设全面加强，人民生活全方位改善，社会治理社会化、法治化、智能化、专业化水平大幅度提升，发展了人民安居乐业、社会安定有序的良好局面，续写了社会长期稳定奇迹。

9. 在生态文明建设上

党中央强调，生态文明建设是关乎中华民族永续发展的根本大计，保护生态环境就是保护生产力，改善生态环境就是发展生产力，决不以牺牲环境为代价换取一时的经济增长。必须坚持绿水青山就是金山银山的理念，坚持山水林田湖草沙一体化保护和系统治理，像保护眼睛一样保护生态环境，像对待生命一样对待生态环境，更加自觉地推进绿色发展、循环发展、低碳发展，坚持走生产发展、生活富裕、生态良好的文明发展道路。

党的十八大以来，党中央以前所未有的力度抓生态文明建设，全党全国推动绿色发展的自觉性和主动性显著增强，美丽中国建设迈出重大步伐，我国生态环境保护发生历史性、转折性、全局性变化。

10. 在国防和军队建设上

党中央强调，强国必须强军、军强才能国安，必须建设同我国国际地位相称、同国家安全和发展利益相适应的巩固国防和强大人民军队。党提出新时代的强军目标，确立新时代军事战略方针，制定到 2027 年实现建军一百年奋斗目标、到 2035 年基本实现国防和军队现代化、到本世纪中叶全面建成世界一流军队的国防和军队现代化新"三步走"战略，推进政治建军、改革强军、科技强军、人才强军、依法治军，加快军事理论现代化、军队组织形态现代化、军事人员现代化、武器装备现代化，加快机械化信息化智能化融合发展，全面加强练兵备战，坚持走中国特色强军之路。

党的十八大以来，在党的坚强领导下，人民军队实现整体性革命性重塑、重整行装再出发，国防实力和经济实力同步提升，一体化国家战略体系和能力加快构建，建立健全退役军人管理保障体制，国防动员更加高效，军政军民团结更加巩固。人民军队坚决履行新时代使命任务，以顽强斗争精神和实际行动捍卫了国家主权、安全、发展利益。

11. 在维护国家安全上

党中央强调，国泰民安是人民群众最基本、最普遍的愿望。必须坚持底线思维、居安思危、未雨绸缪，坚持国家利益至上，以人民安全为宗旨，以政治安全为根本，以经济安全为基础，以军事、科技、文化、社会安全为保障，以促进国际安全为依托，统筹发展和安全，统筹开放和安全，统筹传统安全和非传统安全，统筹自身安全和共同安全，统筹维护国家安全和塑造国家安全。

党的十八大以来，国家安全得到全面加强，经受住了来自政治、经济、意识形态、自然界等方面的风险挑战考验，为党和国家兴旺发达、长治久安提供了有力保证。

12. 在坚持"一国两制"和推进祖国统一上

党中央强调，必须全面准确、坚定不移贯彻"一国两制"方针，坚持和完善"一国两制"制度体系，坚持依法治港治澳，维护宪法和基本法确定的特别行政区宪制秩序，落实中央对特别行政区全面管治权，坚定落实"爱国者治港""爱国者治澳"。这一系列标本兼治的举措，推动香港局势实现由乱到治的重大转折，为推进依法治港治澳、促进"一国两制"实践行稳致远打下了坚实基础。

党把握两岸关系时代变化，丰富和发展国家统一理论和对台方针政策，推动两岸关系朝着正确方向发展。我们坚持一个中国原则和"九二共识"，坚决反对"台独"分裂行径，坚决反对外部势力干涉，牢牢把握两岸关系主导权和主动权。祖国完全统一的时和势始终在我们这一边。

实践证明，有中国共产党的坚强领导，有伟大祖国的坚强支撑，有全国各族人民包括香港特别行政区同胞、澳门特别行政区同胞和台湾同胞的同心协力，香港、澳门长期繁荣稳定一定能够保持，祖国完全统一一定能够实现。

13. 在外交工作上

党中央强调，面对复杂严峻的国际形势和前所未有的外部风险挑战，必须统筹国内国际两个大局，健全党对外事工作领导体制机制，加强对外工作顶层设计，对中国特色大国外交作出战略谋划，推动建设新型国际关系，推动构建人类命运共同体，弘扬和平、发展、公平、正义、民主、自由的全人类共同价值，引领人类进步潮流。

经过持续努力，中国特色大国外交全面推进，构建人类命运共同体成为引领时代潮流和人类前进方向的鲜明旗帜，我国外交在世界大变局中开创新局、在世界乱局中化危为机，我国国际影响力、感召力、塑造力显著提升。

三、中国特色的关键就在于"两个结合"

党的二十大报告指出："中国共产党人深刻认识到，只有把马克思主义基本原理同中国具体实际相结合、同中华优秀传统文化相结合，坚持运用辩证唯物主义和历史唯物主义，才能正确回答时代和实践提出的重大问题，才能始终保持马克思主义的蓬勃生机和旺盛活力。"

实践发展永无止境，推进马克思主义中国化时代化也永无止境。要使马克思主义不断发挥实践伟力、不断焕发出新的生机活力，就不能搞教条主义，不能墨守成规，必须坚持把马克思主义基本原理同中国具体实际相结合、同中华优秀传统文化相结合，用马克思主义观察时代、把握时代、引领时代，在鲜活、生动的实践中思考解决现实问题之道，与时俱进丰富马克思主义，继续发展当代中国马克思主义、21世纪马克思主义，不断谱写马克思主义中国化时代化新篇章。

推进马克思主义中国化时代化，根本途径就是"两个结合"。

一是坚持和发展马克思主义，必须同中国具体实际相结合。我们坚持以马克思主义为指导，是要运用其科学的世界观和方法论解决中国的问题，而不是要背诵和重复其具体结论和词句，更不能把马克思主义当成一成不变的教条。我们必须坚持解放思想、实事求是、与时俱进、求真务实，一切从实际出发，着眼解决新时代改革开放和社会主义现代化建设的实际问题，不断回答中国之问、世界之问、人民之问、时代之问，作出符合中国实际和时代要求的正确回答，得出符合客观规律的科学认识，形成与时俱进的理论成果，更好指导中国实践。

推进马克思主义中国化时代化的根本途径 ——"两个结合"

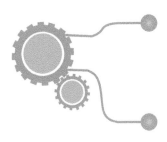

必须同中国具体实际相结合，不断回答中国之问、世界之问、人民之问、时代之问

必须同中华优秀传统文化相结合，不断赋予科学理论鲜明的中国特色，不断夯实马克思主义中国化时代化的历史基础和群众基础

中国具体实际是马克思主义中国化的丰厚土壤。中国革命、建设和改革为马克思主义的丰富和发展提供了强大支撑，马克思主义中国化时代化必须坚持与中国具体实际相结合，不断适应中国特色社会主义实践的新情况、总结中国特色社会主义实践的新成果，并利用这些理论成果更好地指导中国实践。

二是坚持和发展马克思主义，必须同中华优秀传统文化相结合。只有植根本国、本民族历史文化沃土，马克思主义真理之树才能根深叶茂。中华优秀传统文化源远流长、博大精深，是中华文明的智慧结晶，其中蕴含的天下为公、民为邦本、为政以德、革故鼎新、任人唯贤、天人合一、自强不息、厚德载物、讲信修睦、亲仁善邻等，是中国人民在长期生产生活中积累的宇宙观、天下观、社会观、道德观的重要体现，同科学社会主义价值观主张具有高度契合性。我们必须坚定历史自信、文化自信，坚持古为今用、推陈出新，把马克思主义思想精髓同中华优秀传统文化精华贯通起来、同人民群众日用而不觉的共同价值观念融通起来，不断赋予科学理论鲜明的中国特色，不断夯实马克思主义中国化时代化的历史基础和群众基础，让马克思主义在中国牢牢扎根。

中国化马克思主义离不开中国5000多年的悠久文明，中华优秀传统文化价值观同马克思主义的基本理论具有很多相通相合之处，只有把马克思主义的基本立场观点方法同中华优秀传统文化相结合，才能创造出适合中国人民精神特点和实践要求的中国化时代化的马克思主义，才能使马克思主义在中国结出丰硕果实。

第二讲

坚持中国发展进步的
根本方向

近代以来中华民族由衰到盛180多年的历史进程、我们党领导中国人民进行伟大社会革命100多年的实践都证明，只有马克思主义才能救中国，没有中国共产党，就没有新中国，就没有中华民族伟大复兴。中国特色社会主义是当代中国发展进步的根本方向，必须坚定道路自信、理论自信、制度自信、文化自信。

一、坚持和发展马克思主义

马克思主义是我们立党立国、兴党兴国的根本指导思想，是我们党的灵魂和旗帜。拥有马克思主义科学理论指导是我们党坚定信仰信念、把握历史主动的根本所在。

马克思主义深刻揭示了自然界、人类社会、人类思维发展的普遍规律，为人类社会发展进步指明了方向，极大推进了人类文明进程。马克思主义提出的共产主义、社会主义理想，与中华文明重民本、尚和合、求大同的理念相契合，与中国历代有志之士追求民富国强的梦想相适应，与近代以来中国先进分子救亡图存的愿望相一致。更为可贵的是，马克思主义不仅提出了共产主义的远大理想，而且指明了实现这个理想的方法和路径。马克思主义传入中国后，中国共产党的早期创立者，经过亲身实践、审慎思考、反复推求，最终选择了马克思主义。中国共产党人一旦选择了马克思主义，就一以贯之、坚定不移地坚持它、发展它、维护它，从来没有动摇过、改变过、放弃过。

实践告诉我们，中国共产党为什么能，中国特色社会主义为什么好，归根到底是马克思主义行，是中国化时代化的马克思主义行。百余年来，我们党之所以能够创造新民主主义革命、社会主义革命和建设、改革开放和社会主义现代化建设、新时代中国特色社会主义的伟大成就，之所以能够领导人民在一次次求索、一次次挫折、一次次开拓中完成中国其他各种政治力量不可能完成的艰巨任务，根本在于我们党始终把马克思主义作为立党立国、兴党兴国的根本指导思想，作为认识世界、把握规律、追求真理、改造世界的强大思想武器，以创新的理论及时回答时代之问、人民之问，成功探索出走向胜利的正确道路。

"两个行"

不断谱写马克思主义中国化时代化新篇章，是当代中国共产党人的庄严历史责任。时代在发展，事业在前进，对待马克思主义，要以科学的态度对待科学、以真理的精神追求真理。我们要坚持解放思想、实事求是、守正创新，准确把握时代大势，回应现实需要，为新时代坚持和发展中国特色社会主义提供科学理论指导。

党的奋斗历史，就是不断推进马克思主义中国化的历史，就是不断推进理论创新、进行理论创造的理论探索史。理论的生命力在于创新。马克思主义极大改变了中国，中国也极大丰富了马克思主义，使

权威声音

习近平（中共中央总书记、国家主席、中央军委主席）：理论的生命力在于不断创新，推动马克思主义不断发展是中国共产党人的神圣职责。我们要坚持用马克思主义观察时代、解读时代、引领时代，用鲜活丰富的当代中国实践来推动马克思主义发展，用宽广视野吸收人类创造的一切优秀文明成果，坚持在改革中守正出新、不断超越自己，在开放中博采众长、不断完善自己，不断深化对共产党执政规律、社会主义建设规律、人类社会发展规律的认识，不断开辟当代中国马克思主义、21世纪马克思主义新境界！

马克思主义以崭新面貌展现在世界上。从马克思主义传入中国并成为我们党的指导思想，到马克思列宁主义基本原理同中国具体实际相结合产生毛泽东思想，再到马克思主义基本原理与改革开放实践相结合产生中国特色社会主义理论体系，我们党每一次重大理论创新，都是将马克思主义基本原理同中国具体实际紧密结合的成果。在新的历史起点上推进实践基础上的理论创新，必须始终不渝地坚持马克思主义指导地位，不断推进马克思主义中国化时代化大众化，继续发展当代中国马克思主义、21世纪马克思主义，不断谱写马克思主义中国化时代化新篇章。

二、坚持和发展中国特色社会主义

习近平总书记强调："中国特色社会主义是党和人民历经千辛万

苦、付出巨大代价取得的根本成就，是实现中华民族伟大复兴的正确道路。"

方向决定道路，道路决定命运。党在百余年奋斗中始终坚持从我国国情出发，探索并形成符合中国实际的正确道路。历史和实践充分证明，只有社会主义才能救中国，只有社会主义才能发展中国，只有坚持和发展中国特色社会主义才能实现中华民族伟大复兴。中国特色社会主义承载着几代中国共产党人的理想和探索，寄托着无数仁人志士的夙愿和期盼，凝聚着亿万人民的奋斗和牺牲，是近代以来中国社会发展的必然选择。历史和现实已经证明，中国特色社会主义是科学社会主义理论逻辑和中国社会发展历史逻辑的辩证统一，是植根中国大地、反映中国人民意愿、适应中国和时代发展进步要求的科学社会主义。这条道路不仅走得通，而且是通向中华民族伟大复兴的唯一正确道路。

在庆祝中国共产党成立 100 周年大会上，习近平总书记在深刻总结我们党 100 年来开辟的伟大道路、创造的伟大事业时指出："走自

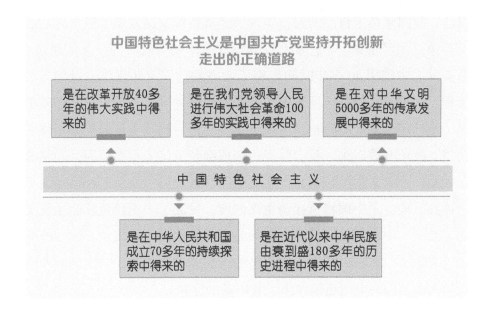

己的路，是党的全部理论和实践立足点，更是党百年奋斗得出的历史结论。"中国特色社会主义不是从天上掉下来的，而是在改革开放40多年的伟大实践中得来的，是在中华人民共和国成立70多年的持续探索中得来的，是在我们党领导人民进行伟大社会革命100多年的实践中得来的，是在近代以来中华民族由衰到盛180多年的历史进程中得来的，是在对中华文明5000多年的传承发展中得来的。

中国特色社会主义制度是党和人民在长期实践探索中形成的科学制度体系，是以马克思主义为指导、植根中国大地、具有深厚中华文化根基、深得人民拥护的制度，是具有强大生命力和巨大优越性的制度，是能够持续推动拥有14亿多人口的大国进步和发展、确保拥有5000多年文明史的中华民族实现伟大复兴的制度。中国特色社会主义道路是当代中国大踏步赶上时代、引领时代发展的康庄大道，是中国共产党和中国人民团结的旗帜、奋进的旗帜、胜利的旗帜，必须倍加珍惜、长期坚持、永不动摇。

"鞋子合不合脚，只有自己知道。"一个国家究竟走什么样的发展道路，最终要靠事实说话，要由这个国家的人民作出选择。改革开放以后，我国坚持走自己的路，实现了经济持续快速发展，成为并稳居世界第二大经济体，7亿多人口摆脱贫困，人均国内生产总值超过1万美元。中国用40多年时间走完了西方发达国家几百年走过的发展历程，实现了从物资极度匮乏、产业百废待兴到成为世界经济增长引擎、全球制造基地的跨越，实现了从贫穷落后到阔步走向繁荣富强的跨越。改革开放以来，我们取得一切成绩和进步的根本原因，归结起来就是：开辟了中国特色社会主义道路，形成了中国特色社会主义理论体系，确立了中国特色社会主义制度，发展了中国特色社会主义文化。今天，中华民族向世界展现的是一派欣欣向荣的气象，巍然屹立于世界东方。历史以超出人们想象的大跨越和大进步，对中国共产党领导人民开辟的中国道路作出了最生动的诠释。

三、坚持中国共产党的领导

中国特色社会主义最本质的特征是中国共产党领导，中国特色社会主义制度的最大优势是中国共产党领导，党是最高政治领导力量。党的领导和中国特色社会主义的发展是不可分割的，党的领导制度的完善同中国特色社会主义制度的完善是相辅相成的。没有中国共产党领导，中国特色社会主义事业就会失去政治、思想和组织保障；离开中国特色社会主义事业的发展，中国共产党就无法践行自己的初心和使命。从完成社会主义革命、确立社会主义基本制度，到进行改革开放新的伟大革命、开辟中国特色社会主义道路，再到中国特色社会主义进入新时代，中华民族迎来了从站起来、富起来到强起来的伟大飞跃，都是中国共产党团结带领中国人民一步步走过来的，都是在不断坚持和完善党的领导制度体系、提高党治国理政水平中实现的。

中国共产党是中国特色社会主义事业的坚强领导核心。中国共产党领导是党和国家的根本所在、命脉所在，是全国各族人民的利益所系、命运所系。中国共产党始终把为人民谋幸福、为民族谋复兴作为自己的初心使命，代表中国最广大人民根本利益。作为一个肩负着崇高使命的马克思主义执政党，作为最高政治领导力量，中国共产党无论处于顺境还是处于逆境，都始终坚守马克思主义的政治信仰，坚守

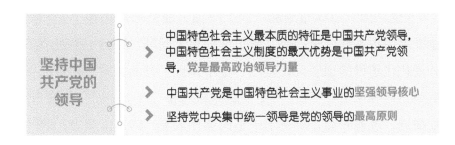

坚持中国共产党的领导

> 中国特色社会主义最本质的特征是中国共产党领导，中国特色社会主义制度的最大优势是中国共产党领导，党是最高政治领导力量

> 中国共产党是中国特色社会主义事业的坚强领导核心

> 坚持党中央集中统一领导是党的领导的最高原则

自己的初心使命，并与时俱进推进理论创新、实践创新、制度创新，团结带领中国人民不断取得革命、建设、改革的伟大成就。中国人民和中华民族之所以能够扭转近代以后的历史命运、取得今天的伟大成就，最根本的是有中国共产党的坚强领导。历史和现实都证明，没有中国共产党，就没有新中国，就没有中华民族伟大复兴。

坚持党中央集中统一领导是党的领导的最高原则。党的领导是全面的、系统的、整体的。党政军民学，东西南北中，党是领导一切的。治理好我们这个世界上最大的政党和人口最多的国家，必须坚持党的全面领导特别是党中央集中统一领导，坚持民主集中制，确保党始终总揽全局、协调各方。只要我们坚持党的全面领导不动摇，坚决维护党的核心和党中央权威，充分发挥党的领导政治优势，把党的领导落实到党和国家事业各领域各方面各环节，就一定能够确保全党全军全国各族人民团结一致向前进。

四、中国特色社会主义事业的总体布局和战略布局

党的十八大以来，我们党形成并统筹推进经济建设、政治建设、文化建设、社会建设、生态文明建设"五位一体"总体布局，形成并协调推进全面建成小康社会（全面建设社会主义现代化国家）、全面深化改革、全面依法治国、全面从严治党"四个全面"战略布局。

"五位一体"总体布局和"四个全面"战略布局抓住了党和国家事业发展中根本性、全局性、紧迫性的重大问题，擘画了推进改革开放和现代化建设的顶层设计蓝图，集中体现了党和国家事业长远发展的战略目标和举措。"五位一体"总体布局和"四个全面"战略布局，相互促进、统筹联动，统一于中华民族伟大复兴的伟大梦想，统一于

中国特色社会主义伟大事业，统一于党的建设新的伟大工程，统一于我们正在进行的具有许多新的历史特点的伟大斗争，体现了我们党对治国理政认识的升华和思路的完善，从全局上确立了新时代坚持和发展中国特色社会主义的战略规划和部署，成为新时代我们党治国理政的顶层设计。

1. "五位一体"总体布局

关于中国特色社会主义事业总体布局，改革开放以来，我们党经历了逐步深化、不断完善的过程。从物质文明、精神文明"两个文明"，到经济、政治、文化建设"三位一体"，经济、政治、文化、社会建设"四位一体"，再到经济、政治、文化、社会、生态文明建设"五位一体"，体现了党对发展理论的重大创新和发展理念的深刻转变。"五位一体"总体布局的形成，标志着我们党对共产党执政规律、社会主义建设规律、人类社会发展规律的认识达到了新的高度。

统筹推进中国特色社会主义经济建设、政治建设、文化建设、社会建设、生态文明建设"五位一体"总体布局，确定了中国特色社会主义的发展方向，明确了推进我国经济社会发展的基本工作方针和奋

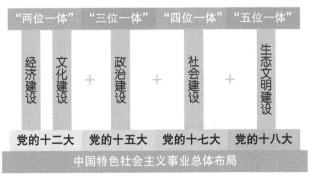

"五位一体"总体布局的
形成发展脉络

斗目标，使中国特色社会主义事业的发展方略更加完善、发展目的更加明确、发展内涵更加丰富、发展道路更加广阔，是我们党对社会主义建设规律在实践和认识上不断深化的重要成果，为中国经济社会又好又快前行提供了重要遵循。

推进"五位一体"总体布局，在经济建设方面，要加快完善社会主义市场经济体制，把握新发展阶段、贯彻新发展理念、构建新发展格局，实施创新驱动发展战略，推进供给侧结构性改革，促进新型工业化、信息化、城镇化、农业现代化同步发展，不断提高经济发展质量、效益、竞争力，实现更高质量、更有效率、更加公平、更可持续发展。在政治建设方面，要坚持走中国特色社会主义政治发展道路，坚持党的领导、人民当家作主、依法治国有机统一，建立健全权力运行约束和监督体系，全面推进依法治国，加快建设社会主义法治国家。在文化建设方面，要树立和践行社会主义核心价值观，全面提

深阅读

党的十八大顺应人民群众对良好生态环境的迫切期待，把生态文明建设放在突出地位，纳入建设中国特色社会主义的总体布局，将"四位一体"拓展为"五位一体"。"五位一体"作为建设中国特色社会主义的总体布局，表明中国特色社会主义既是经济发展、政治民主、文化先进、社会和谐的社会，又是生态环境良好、人与自然和谐相处的社会。"五位一体"总体布局，是对党在社会主义初级阶段的基本纲领的丰富和完善，对于坚持和发展中国特色社会主义具有十分重要的意义。

（摘编自《牢牢把握建设中国特色社会主义的总布局》，《人民日报》2012 年 12 月 3 日，作者：予言）

高公民道德素质，丰富人民精神文化生活，增强文化整体实力和竞争力，建设社会主义文化强国。在社会建设方面，要以保障和改善民生为重点，多谋民生之利，多解民生之忧，加快健全基本公共服务体系，完善共建共治共享的社会治理制度，不断增强人民群众获得感、幸福感、安全感，促进人的全面发展和社会全面进步。在生态文明建设方面，加大自然生态系统和环境保护力度，加强生态文明制度建设，努力实现绿色发展，努力建设美丽中国，走向社会主义生态文明新时代。

"五位一体"各方面是相互联系、相互促进、相辅相成、不可分割的有机整体，共同构筑起中国特色社会主义事业的全局。要按照"五位一体"总体布局的整体性目标要求，深刻把握"五位一体"总体布局的基本内涵和内在联系，促进经济、政治、文化、社会、生态文明建设各方面相协调，推动生产关系与生产力、上层建筑与经济基础相适应，推进中国特色社会主义事业全面发展、全面进步。

2. "四个全面"战略布局

党的十八大以来，以习近平同志为核心的党中央从坚持和发展中国特色社会主义全局出发，提出并形成了全面建成小康社会（全面建设社会主义现代化国家）、全面深化改革、全面依法治国、全面从严治党的"四个全面"战略布局，确立了新形势下党和国家工作的战略目标和战略举措，成为在新的历史条件下把握我国发展新特征确定的治国理政新方略，为实现"两个一百年"奋斗目标、实现中华民族伟大复兴的中国梦提供了理论指导和实践指南。

2014 年 12 月，习近平总书记在江苏调研时首次提出协调推进全面建成小康社会、全面深化改革、全面推进依法治国、全面从严治党。2015 年 2 月 2 日，习近平总书记在省部级主要领导干部学习贯彻党的十八届四中全会精神全面推进依法治国专题研讨班开班式上指出，党的十八大以来，党中央从坚持和发展中国特色社会主义全局出发，提出并形成了全面建成小康社会、全面深化改革、全面依法治国、全面从严治党的战略布局。这个战略布局，既有战略目标，也有战略举措，每一个"全面"都具有重大战略意义。全面建成小康社会是我们的战略目标，全面深化改革、全面依法治国、全面从严治党是三大战略举措。随着全面建成小康社会取得决定性进展，2020年10月，党的十九届五中全会提出了"十四五"时期经济社会发展指导思想和必须遵循的原则，要求统筹推进经济建设、政治建设、文化建设、社会建设、生态文明建设的总体布局，协调推进全面建设社会主义现代化国家、全面深化改革、全面依法治国、全面从严治党的战略布局，将"全面建成小康社会"调整为"全面建设社会主义现代化国家"。

"四个全面"战略布局，是我们党站在新的历史起点上推进改革开放和社会主义现代化建设、坚持和发展中国特色社会主义的战略抉择，实现了我们党治国理政方略的与时俱进，实现了我们党治国理政思想的新飞跃。"四个全面"战略布局坚持两点论与重点论的辩证统一，既统揽全局又突出重点，创造性地把全面建成小康社会（全面建设社会主义现代化国家）这一奋斗目标、全面深化改革这一发展动力、全面依法治国这一重要保障、全面从严治党这一根本保证有机联系、科学统筹起来，彰显了马克思主义的立场观点方法。

全面建成社会主义现代化强国是我们现阶段的战略目标，党的十九大和二十大对全面建成社会主义现代化强国作出"两步走"战略安排：从2020年到2035年基本实现社会主义现代化；从2035年到本世纪中叶把我国建成富强民主文明和谐美丽的社会主义现代化强国。为了实现我们的奋斗目标，必须全面深化改革、全面依法治国、全面从严治党。全面深化改革，着眼解决我们面临的深层次矛盾和体制机制弊端，是增强中国特色社会主义生机活力、推动事业发展的强大动力。全面依法治国，着眼促进国家生活和社会生活的法治化制度化规范化，是实现党和国家长治久安的重要保障。全面从严治党，着眼保持党的先进性和纯洁性，锻造中国特色社会主义事业坚强领导核心，是我们党提高执政能力和水平、实现中华民族伟大复兴的迫切要求。

"四个全面"相辅相成、相互促进、相得益彰，实现了执政目标、执政理念、执政方式和执政党自身建设融会贯通，是一整套结合实际、继往开来、勇于创新、独具特色的系统思想，必将引领全党和全国各族人民以更加自信的姿态、更加坚定的步伐，奋力开创中国特色社会主义和现代化建设的新局面。

五、坚定"四个自信"

当今世界，要说哪个政党、哪个国家、哪个民族能够自信的话，那中国共产党、中华人民共和国、中华民族是最有理由自信的。2016年7月1日，习近平总书记在庆祝中国共产党成立95周年大会上的讲话中明确提出，中国共产党人"坚持不忘初心、继续前进"，就要坚持"中国特色社会主义道路自信、理论自信、制度自信、文化自信"。"四个自信"，是对党的十八大报告中提出的中国特色社会主义"三个自信"（道路自信、理论自信、制度自信）的创造性拓展和进一步完善。

坚定道路自信，是对发展方向和未来命运的自信。习近平总书记指出："中国特色社会主义道路是实现社会主义现代化的必由之路，是创造人民美好生活的必由之路。"坚定道路自信就是要坚定走中国特色社会主义道路，这是实现社会主义现代化的必由之路，是被近代历史所反复证明的客观真理，是党领导人民从胜利走向胜利的根本

四个自信

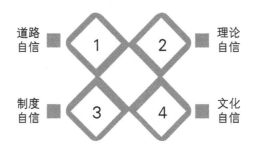

道路自信　制度自信　理论自信　文化自信

保证，也是中华民族走向繁荣富强、中国人民过上幸福生活的根本保证。

坚定理论自信，是对马克思主义理论特别是中国特色社会主义理论体系的科学性、真理性的自信。习近平总书记指出："中国特色社会主义理论体系是指导党和人民沿着中国特色社会主义道路实现中华民族伟大复兴的正确理论，是立于时代前沿、与时俱进的科学理论。"特别是习近平新时代中国特色社会主义思想，作为当代中国马克思主义、21世纪马克思主义，实现了马克思主义中国化时代化新的飞跃，是实现中华民族伟大复兴的行动指南，极大地深化了我们党对共产党执政规律、社会主义建设规律、人类社会发展规律的认识。

坚定制度自信，是对中国特色社会主义制度具有制度优势的自信。习近平总书记指出："中国特色社会主义制度是当代中国发展进步的根本制度保障，是具有鲜明中国特色、明显制度优势、强大自我完善能力的先进制度。"坚定制度自信就是要相信中国特色社会主义制度具有巨大优越性和强大生命力，相信中国特色社会主义制度能够推动发展、维护稳定，能够保障人民群众的自由平等权利和人身财产权利。

坚定文化自信，是对中国特色社会主义文化先进性的自信。习近平总书记指出："文化自信，是更基础、更广泛、更深厚的自信。在

中国特色社会主义制度

具有鲜明
中国特色

具有明显
制度优势

具有强大
自我完善
能力

5000多年文明发展中孕育的中华优秀传统文化，在党和人民伟大斗争中孕育的革命文化和社会主义先进文化，积淀着中华民族最深层的精神追求，代表着中华民族独特的精神标识。"坚定文化自信就是要激发党和人民对中华优秀传统文化的历史自豪感，弘扬以爱国主义为

 延伸问答

问： 新时代如何坚定文化自信？

答： 要坚持中国特色社会主义文化发展道路，坚持马克思主义在意识形态领域指导地位的根本制度，坚持为人民服务、为社会主义服务，坚持百花齐放、百家争鸣，坚持创造性转化、创新性发展，以社会主义核心价值观为引领，发展社会主义先进文化，弘扬革命文化，传承中华优秀传统文化，满足人民日益增长的精神文化需求，巩固全党全国各族人民团结奋斗的共同思想基础，不断提升国家文化软实力和中华文化影响力。

核心的民族精神和以改革创新为核心的时代精神，不断增强全党全国各族人民的精神力量，在全社会形成对社会主义核心价值观的普遍共识和价值认同。

"四个自信"是一个有机统一体，既相对独立，又相辅相成。我们的道路自信、理论自信、制度自信、文化自信，来源于实践、来源于人民、来源于真理。全党只要坚定"四个自信"，有了"自信人生二百年，会当水击三千里"的勇气，就能毫无畏惧面对一切困难和挑战，就能牢牢掌握自己的前途和命运，就能坚定不移开辟新天地、创造新奇迹。

第三讲

以中国式现代化全面推进
中华民族伟大复兴

一　中国式现代化的中国特色

二　中国式现代化的本质要求

三　全面建成社会主义现代化强国的战略
　　安排

四　中国式现代化的重大原则

建设社会主义现代化强国，实现中华民族伟大复兴，是中华民族的最高利益和根本利益。习近平新时代中国特色社会主义思想就怎样建成社会主义现代化强国、怎样实现中华民族伟大复兴，提出一系列原创性的新理念新思想新战略，明确了新时代新征程中国共产党的中心任务，是团结带领全国各族人民全面建成社会主义现代化强国、实现第二个百年奋斗目标，以中国式现代化全面推进中华民族伟大复兴，擘画了未来发展的美好图景，是指引我们前进的强大思想武器。

一、中国式现代化的中国特色

中国共产党把实现现代化作为念兹在兹的历史宏愿。新中国成立以后，党带领人民对中国现代化建设进行了艰辛探索。1954年9月，周恩来在第一届全国人民代表大会第一次会议上所作的《政府工作报告》中就明确指出："如果我们不建设起强大的现代化的工业、现代化的农业、现代化的交通运输业和现代化的国防，我们就不能摆脱落后和贫困，我们的革命就不能达到目的。"1964年12月，周恩来在第三届全国人民代表大会第一次会议上所作的《政府工作报告》中再次提出："从第三个五年计划开始，我国的国民经济发展，可以按两步来考虑：第一步，建立一个独立的比较完整的工业体系和国民经济体系；第二步，全面实现农业、工业、国防和科学技术的现代化，使我国经济走在世界的前列。"

70多年来，我们党团结带领全国人民创造了中国式现代化新道路，创造了人类文明新形态。中国式现代化道路的形成和拓展，彰显了中国特色社会主义的强大生命力和巨大优越性，开辟了发展中国家走向现代化的新途径。中国式现代化既切合中国实际，体现了社会主义建设规律，也符合世界发展趋势，体现了人类社会普遍规律。在中国式现代化道路上，我国用几十年时间走完了发达国家几百年走过的工业化历程，中华民族迎来了从站起来、富起来到强起来的伟大飞跃。

世界上既不存在定于一尊的现代化模式，也不存在放之四海而皆准的现代化标准。人类历史上没有一个民族、一个国家可以通过照搬外国模式、跟在他人后面亦步亦趋实现强大和振兴。中国式现代化既有各国现代化的共同特征，更有基于自己国情的中国特色。

第一，中国式现代化是人口规模巨大的现代化。我国整体迈入现代化社会，将彻底改写现代化的世界版图，成为人类历史上一件有深远影响的大事。我国总人口比世界上发达国家和地区的总人口还要多，14亿多人口整体迈进现代化社会，其艰巨性和复杂性前所未有，其发展任务之重、协调难度之大、潜在优势之强前所未有，发展途径

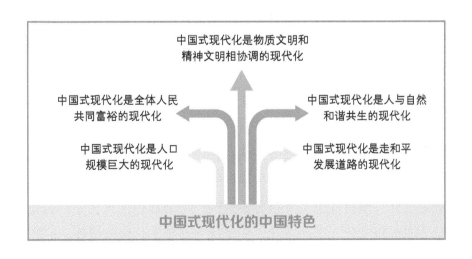

和推进方式也必然具有自己的特点。建设中国式现代化必须从国情出发想问题、作决策、办事情，充分估计长期性、艰巨性、复杂性，在准确把握历史规律、时代大势、发展条件基础上科学谋划、积极作为、顺势而为，保持历史耐心，既不好高骛远，也不因循守旧，坚持尽力而为、量力而行，坚持稳中求进、循序渐进、持续推进，把保障和改善民生建立在经济发展和财力可持续的基础上，重点加强基础性、普惠性、兜底性民生保障建设。

第二，中国式现代化是全体人民共同富裕的现代化。共同富裕是中国特色社会主义的本质要求，也是一个长期的历史过程。实现共同富裕是我们党的重要使命，这不仅是一个经济问题，而且是关系党的执政基础的重大政治问题。贫富差距过大是阻碍各国现代化发展的重要因素，如何在发展中缩小贫富差距是一个世界性难题。全面建设社会主义现代化，一个地区、一个民族都不能落下。中国式现代化坚持以人民为中心的发展思想，把实现人民对美好生活的向往作为现代化建设的出发点和落脚点，坚持人民主体地位，尊重人民首创精神，推动发展为了人民、发展依靠人民、发展成果由人民共享，着力维护和促进社会公平正义，着力促进全体人民共同富裕，坚决防止两极分化，通过全国人民共同奋斗把"蛋糕"做大做好，通过合理的制度安排把"蛋糕"切好分好，自觉主动解决地区差距、城乡差距、收入分配差距，提高发展的平衡性、协调性、包容性，使现代化进程具有强劲的内驱力。

第三，中国式现代化是物质文明和精神文明相协调的现代化。物质富足、精神富有是社会主义现代化的根本要求。物质贫困不是社会主义，精神贫乏也不是社会主义。中国式现代化不断厚植现代化的物质基础，不断夯实人民幸福生活的物质条件，同时大力发展社会主义先进文化，坚持社会主义核心价值观，加强理想信念教育，自觉用社会主义先进文化、革命文化、中华优秀传统文化培根铸魂、启智润心，推进文明实践、文明培育、文明创建，不断提升人民思想觉悟、道德水准、文明素养，更好构筑中国精神、中国价值、中国力量，促进人民物质生活和精神生活共同富裕，实现物的全面丰富和人的全面发展。

第四，中国式现代化是人与自然和谐共生的现代化。人与自然是生命共同体，中国式现代化注重同步推进物质文明建设和生态文明建设，坚持节约优先、保护优先、自然恢复为主的方针，践行绿水青山就是金山银山理念，坚持不懈推动绿色低碳发展，像保护眼睛一样保护自然和生态环境，尊重自然、顺应自然、保护自然，加快发展方式绿色转型，提升生态系统多样性、稳定性、持续性，走一条生产发展、生活富裕、生态良好的文明发展道路，既创造更多物质财富和精神财富以满足人民日益增长的美好生活需要，也提供更多优质生态产

 权威声音

习近平（中共中央总书记、国家主席、中央军委主席）：中国式现代化，深深植根于中华优秀传统文化，体现科学社会主义的先进本质，借鉴吸收一切人类优秀文明成果，代表人类文明进步的发展方向，展现了不同于西方现代化模式的新图景，是一种全新的人类文明形态。中国式现代化，打破了"现代化＝西方化"的迷思，展现了现代化的另一幅图景，拓展了发展中国家走向现代化的路径选择，为人类对更好社会制度的探索提供了中国方案。中国式现代化蕴含的独特世界观、价值观、历史观、文明观、民主观、生态观等及其伟大实践，是对世界现代化理论和实践的重大创新。中国式现代化为广大发展中国家独立自主迈向现代化树立了典范，为其提供了全新选择。

品以满足人民日益增长的优美生态环境需要，让良好生态造福人民、泽被子孙，实现中华民族永续发展。

第五，中国式现代化是走和平发展道路的现代化。一些老牌资本主义国家走的是暴力掠夺的现代化道路，是以牺牲其他国家为代价的现代化。与"弱肉强食"式的西方现代化不同，中国式现代化从不输出殖民、战争和冲突，而是以和平、合作与共赢方式推进。中国式现代化高举和平、发展、合作、共赢旗帜，在坚定维护世界和平与发展中谋求自身发展，又以自身发展更好维护世界和平与发展，秉持共商共建共享理念，强调同世界各国互利共赢，弘扬和平、发展、公平、正义、民主、自由的全人类共同价值，积极推动构建人类命运共同体，在发展自身的同时造福世界，不断为世界和平与发展注入强大正能量，在平等参与、包容普惠中创造发展新机遇、谋求发展新动力，始终做世界和平的建设者、全球发展的贡献者、国际秩序的维护者、公共产品的提供者。

二、中国式现代化的本质要求

党的二十大对中国式现代化的本质要求作出科学概括：坚持中国共产党领导，坚持中国特色社会主义，实现高质量发展，发展全过程人民民主，丰富人民精神世界，实现全体人民共同富裕，促进人与自然和谐共生，推动构建人类命运共同体，创造人类文明新形态。

中国式现代化本质要求的概括提出，是中国特色社会主义理论的重大创新。这一概括从领导力量、社会模式、发展方式、政治制度、精神文化、公平正义、生态文明、全球治理、文明境界等多方面对推进我国社会主义现代化建设提出了明确要求。这些方面联系紧密、内在贯通，蕴含了我们党治国理政的艰辛探索，是我们党对我国和世界

中国式现代化的本质要求

- ✅ 坚持中国共产党领导
- ✅ 坚持中国特色社会主义
- ✅ 实现高质量发展
- ✅ 发展全过程人民民主
- ✅ 丰富人民精神世界

- ✅ 实现全体人民共同富裕
- ✅ 促进人与自然和谐共生
- ✅ 推动构建人类命运共同体
- ✅ 创造人类文明新形态

现代化发展历史经验的深刻总结，是我国这样一个社会主义大国在长期探索现代化进程中形成的宝贵的思想理论结晶，极大丰富和发展了现代化理论。以这一重要理论创新为指导，中国式现代化的战略方向更加明确、战略目标更加完善、战略步骤更加科学、战略路径更加清晰、战略规划更加完备。

其中，"坚持中国共产党领导，坚持中国特色社会主义"，深刻体现了中国式现代化的基本性质和发展方向，使中国式现代化与西方现代化从根本上区别开来。

"实现高质量发展，发展全过程人民民主，丰富人民精神世界，实现全体人民共同富裕，促进人与自然和谐共生"，体现了中国特色社会主义事业"五位一体"总体布局，中国式现代化必须统筹推进经济建设、政治建设、文化建设、社会建设、生态文明建设。

"推动构建人类命运共同体，创造人类文明新形态"，体现了马克思主义的国际主义要求，体现了中国式现代化胸怀天下的高远追求和为人类实现现代化提供新选择的使命担当，对中国式现代化从世界文明发展的角度作出了历史定位。

三、全面建成社会主义现代化强国的战略安排

站在历史新的更高起点上，我们党综合分析国际国内形势和我国发展条件，对新时代推进社会主义现代化建设作出新的顶层设计，提出"两个一百年"奋斗目标和"两步走"战略安排。从全面建成小康社会到基本实现现代化，再到全面建成社会主义现代化强国，是新时代中国特色社会主义发展的战略安排。

1."两个一百年"奋斗目标

在党的十八大上，我们党明确提出了"两个一百年"奋斗目标，即在中国共产党成立 100 年时全面建成小康社会、在新中国成立 100 年时建成富强民主文明和谐的社会主义现代化国家。

"两个一百年"奋斗目标，在战略安排上层层递进，同改革开放以来党确定的目标任务一脉相承。党的十一届三中全会后，在深刻总结历史经验和科学分析国际国内形势基础上，中国共产党创造性地用"小康"这一充分吸收中华优秀传统文化精髓的概念来诠释中国式现代化。党的十三大报告提出现代化建设"三步走"发展战略，并把到 20 世纪末"人民生活达到小康水平"作为"三步走"战略的第二步。这个目标已如期实现。党的十五大报告进一步提出到 21 世纪第一个十年"使人民的小康生活更加宽裕"的目标，并提出建党 100 年时和新中国成立 100 年时的奋斗目标。党的十六大报告进一步提出，要在本世纪头 20 年全面建设惠及十几亿人口的更高水平的小康社会。此后，党的十七大报告对此作了重申。

党的十九大报告对实现第二个百年奋斗目标作出新的调整，明确提出到 2035 年基本实现社会主义现代化，到本世纪中叶把我国建成

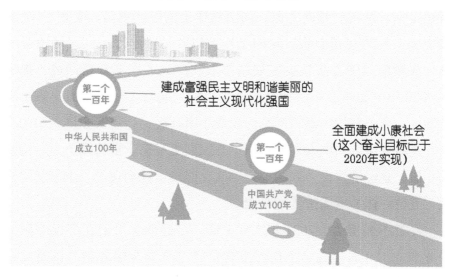

"两个一百年"奋斗目标

富强民主文明和谐美丽的社会主义现代化强国。这个战略安排，一方面把基本实现现代化的时间比原先提前了15年，首次提出"全面建成社会主义现代化强国"概念；另一方面，在战略目标上增加了"美丽"这一代表生态文明建设的内容，使现代化的内涵更加全面。党的二十大报告对这一目标进行了重申。

"两个一百年"奋斗目标反映了我们党对建设社会主义现代化国家的战略目标在认识上的不断深化和在内涵上的不断拓展。党的十八大以来，"两个一百年"奋斗目标更加清晰明确，成为推动我国现代化建设蓝图一步一步变为现实的强大指引。

2. 全面建成小康社会取得伟大成就

小康是中华民族自古以来追求的理想。《诗经·大雅·民劳》中就有"民亦劳止，汔可小康"的诗句，体现了中华民族向往幸福安康的朴素愿望。《礼记·礼运》将"小康"描述为仅次于"大同"的理想社会状态，表达出中华民族对美好梦想的追求。

全面建成小康社会，是"两个一百年"奋斗目标的第一个百年奋斗目标，是我们党向人民、向历史作出的庄严承诺，实现了14亿多中国人民的共同期盼。党的十八大以来，以习近平同志为核心的党中央顺应我国经济社会发展新要求和广大人民群众新期待，提出到2020年全面建成小康社会的奋斗目标。同时，赋予全面小康更高的标准、更丰富的内涵，即全面建成小康社会，是惠及全体人民的小康，是城乡区域共同发展的小康，是发展更平衡、更协调、更可持续的小康，是经济建设、政治建设、文化建设、社会建设、生态文明建设"五位一体"全面进步的小康。

经过不懈努力，2021年7月1日，习近平总书记在庆祝中国共产党成立100周年大会上庄严宣告：经过全党全国各族人民持续奋斗，我们实现了第一个百年奋斗目标，在中华大地上全面建成了小康社会，历史性地解决了绝对贫困问题，正在意气风发向着全面建成社会主义现代化强国的第二个百年奋斗目标迈进。从小康概念的提出到总体小康的实现，从全面建设小康社会到全面建成小康社会，体现了我们党始终坚持以人民为中心的发展思想，始终把人民利益摆在至高无上的地位，不断满足人民群众日益增长的美好生活需要。

我们打赢了人类历史上规模最大、力度最强的脱贫攻坚战，2020年年末现行标准下农村贫困人口全部脱贫，困扰中华民族几千年的绝对贫困问题得到历史性解决。经济社会实现跨越式发展，经济总量稳居世界第二位，现代化经济体系基本建立，实现了从传统农业社会向现代工业社会的跃升，是世界上唯一拥有联合国产业分类中全部工业门类的国家，制造业增加值稳居世界第一位。

全面建成小康社会，无论在中华民族发展史上，还是在世界发展史上、在社会主义发展史上，都具有极为重大的意义。全面建成小康社会，对于顺利开启新征程，全面建设社会主义现代化国家具有承上启下的重大意义。在中华大地上全面建成小康社会，是实现中华民

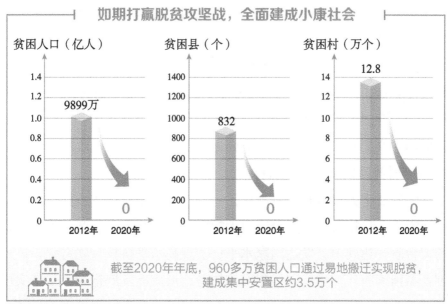

如期打赢脱贫攻坚战，全面建成小康社会

贫困人口（亿人）　　　贫困县（个）　　　贫困村（万个）

9899万

832

12.8

2012年　2020年　　2012年　2020年　　2012年　2020年

截至2020年年底，960多万贫困人口通过易地搬迁实现脱贫，建成集中安置区约3.5万个

数据来源：国家发展改革委网站

族伟大复兴征程上的一座光辉里程碑，也是我国社会主义现代化建设迈出的关键一步，这是中华民族的伟大光荣，这是中国人民的伟大光荣，这是中国共产党的伟大光荣。我们党兑现了向人民、向历史作出的庄严承诺。同时，全面建成小康社会也是走中国式现代化道路结出的丰硕成果，为人类社会走向现代化贡献了中国智慧和中国方案，极大鼓舞着全党全国人民满怀信心向着全面建成社会主义现代化强国的第二个百年奋斗目标迈进。

3. 全面建成社会主义现代化强国"两步走"战略安排

党的十九大对实现第二个百年奋斗目标、全面建成社会主义现代化强国作出"两步走"战略安排。党的二十大报告进一步作了细化和补充。

党的二十大报告指出："全面建成社会主义现代化强国，总的战略安排是分两步走：从二〇二〇年到二〇三五年基本实现社会主义现代化；从二〇三五年到本世纪中叶把我国建成富强民主文明和谐美丽的社会主义现代化强国。"

同时，党的二十大报告还综合考虑我国未来发展的基础条件和各种风险挑战，在党的十九大报告和十九届五中全会通过的《中共中央关于制定国民经济和社会发展第十四个五年规划和二〇三五年远景目标的建议》基础上，从8个方面进一步明确了第一个阶段也就是到2035年时我国发展的总体目标。

党的二十大报告指出："到二〇三五年，我国发展的总体目标是：经济实力、科技实力、综合国力大幅跃升，人均国内生产总值迈上新的大台阶，达到中等发达国家水平；实现高水平科技自立自强，进入创新型国家前列；建成现代化经济体系，形成新发展格局，基本实现新型工业化、信息化、城镇化、农业现代化；基本实现国家治理体系和治理能力现代化，全过程人民民主制度更加健全，基本建成法治国家、法治政府、法治社会；建成教育强国、科技强国、人才强国、文化强国、体育强国、健康中国，国家文化软实力显著增强；人民生活更加幸福美好，居民人均可支配收入再上新台阶，中等收入群体比重明显提高，基本公共服务实现均等化，农村基本具备现代生活条件，社会保持长期稳定，人的全面发展、全体人民共同富裕取得更为明显的实质性进展；广泛形成绿色生产生活方式，碳排放达峰后稳中有降，生态环境根本好转，美丽中国目标基本实现；国家安全体系和能力全面加强，基本实现国防和军队现代化。"

关于第二个阶段的目标任务，党的十九大报告进行了较为详细的阐述，即"从二〇三五年到本世纪中叶，在基本实现现代化的基础上，再奋斗十五年，把我国建成富强民主文明和谐美丽的社会主义现代化强国。到那时，我国物质文明、政治文明、精神文明、社会文明、生态文明将全面提升，实现国家治理体系和治理能力现代化，成为综合国力和国际影响力领先的国家，全体人民共同富裕基本实现，

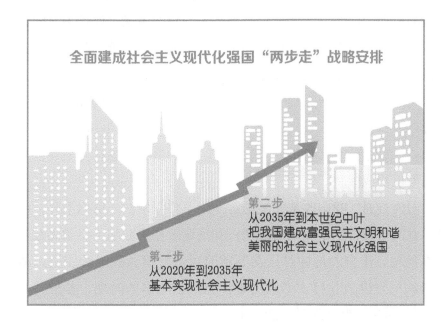

全面建成社会主义现代化强国"两步走"战略安排

第二步
从2035年到本世纪中叶
把我国建成富强民主文明和谐
美丽的社会主义现代化强国

第一步
从2020年到2035年
基本实现社会主义现代化

我国人民将享有更加幸福安康的生活，中华民族将以更加昂扬的姿态屹立于世界民族之林"。

全面建成社会主义现代化强国"两步走"战略安排，具有坚实的基础、科学的依据、可靠的保障。我国迈入现代化社会，其规模将超过现有发达国家人口的总和，势必彻底改写世界现代化的进程、版图和态势，成为人类发展史上前所未有的伟大创举。

四、中国式现代化的重大原则

全面建设社会主义现代化国家，是一项伟大而艰巨的事业，前途光明，任重道远。

国际方面，当前，世界百年未有之大变局加速演进，新一轮科技革命和产业变革深入发展，国际力量对比深刻调整，我国发展面临新的战略机遇。同时，逆全球化思潮抬头，单边主义、保护主义明显上升，世界经济复苏乏力，局部冲突和动荡频发，全球性问题加剧，世界进入新的动荡变革期。

国际形势的不稳定性不确定性明显增加。经济全球化遭遇逆流，国际经济、科技、文化、安全、政治等格局都在发生深刻复杂变化，民粹主义、排外主义抬头，单边主义、保护主义、霸权主义对世界和平与发展构成威胁。

国内方面，我国改革发展稳定面临不少深层次矛盾躲不开、绕不过，党的建设特别是党风廉政建设和反腐败斗争面临不少顽固性、多发性问题，来自外部的打压遏制随时可能升级。我国发展进入战略机遇和风险挑战并存、不确定难预料因素增多的时期，各种"黑天鹅""灰犀牛"事件随时可能发生。

我国发展不平衡不充分问题仍然突出，各地区各领域各方面发展存在失衡现象，全面建成社会主义现代化强国还有相当长的路要走。农业基础还不稳固，创新能力不适应高质量发展要求，城乡区域发展和收入分配差距较大，生态环保任重道远，民生保障存在短板，社会治理还有弱项，党的建设还需深入扎实推进。

为此，我们必须增强忧患意识，坚持底线思维，做到居安思危、未雨绸缪，准备经受风高浪急甚至惊涛骇浪的重大考验。前进道路上，必须牢牢把握以下重大原则。

一是坚持和加强党的全面领导。坚决维护党中央权威和集中统一领导，把党的领导落实到党和国家事业各领域各方面各环节，使党始终成为风雨来袭时全体人民最可靠的主心骨，确保我国社会主义现代化建设正确方向，确保拥有团结奋斗的强大政治凝聚力、发展自信心，集聚起万众一心、共克时艰的磅礴力量。

中国共产党领导是中国特色社会主义最本质的特征，是中国特色社会主义制度的最大优势，是党和国家的根本所在、命脉所在，是全

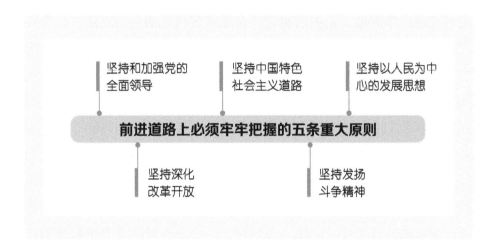

国各族人民的利益所系、命运所系。中国特色社会主义制度是一个严密完整的科学制度体系，起四梁八柱作用的是根本制度、基本制度、重要制度，党的领导制度具有统领地位，是我国的根本领导制度。党政军民学，东西南北中，党是领导一切的，是最高政治领导力量。中国式现代化道路必须坚持党的全面领导，不断完善党的领导，充分发挥党总揽全局、协调各方的领导核心作用。党的领导必须是全面的、系统的、整体的，把党的领导落实到现代化建设的各领域各方面各环节，着力提高党把方向、谋大局、定政策、促改革的能力和定力。

二是坚持中国特色社会主义道路。坚持以经济建设为中心，坚持四项基本原则，坚持改革开放，坚持独立自主、自力更生，坚持道不变、志不改，既不走封闭僵化的老路，也不走改旗易帜的邪路，坚持把国家和民族发展放在自己力量的基点上，坚持把中国发展进步的命运牢牢掌握在自己手中。

走自己的路，是中国共产党的全部理论和实践的根本立足点，更是党在百年奋斗历程中得出的宝贵历史经验。纵观世界历史发展的进程，没有哪一个国家、哪一个民族是通过完全照搬外国发展模式而发展壮大的。中国式现代化根植于中国特色社会主义道路，依靠中国人民、扎根中华大地，是中国实现社会主义现代化的必由之路。历史和实践已经证明，中国共产党领导中国人民不仅创造了世所罕见的经济快速发展和社会长期稳定两大奇迹，而且成功探索形成了中国式现代化道路，实现了前无古人的历史性创举。中国式现代化道路摒弃了西方以资本为中心的发展理念、两极分化的发展模式、对外掠夺的发展手段，为广大发展中国家拓展了实现现代化的途径，为人类构建更加美好的社会制度贡献了中国智慧和中国方案。无论遇到任何外部风浪，在坚持中国特色社会主义道路这个根本问题上都决不能有丝毫动摇，更不能改弦更张，必须一以贯之。中国特色社会主义道路是当代中国发展的唯一康庄大道，只要中国人民在自己选择的正确道路上坚定向前，就一定能够全面建成富强民主文明和谐美丽的社会主义现代化强国。

三是坚持以人民为中心的发展思想。维护人民根本利益，增进民生福祉，不断实现发展为了人民、发展依靠人民、发展成果由人民共享，让现代化建设成果更多更公平惠及全体人民。

毛泽东曾经指出："共产党人的一切言论行动，必须以合乎最广大人民群众的最大利益，为最广大人民群众所拥护为最高标准。"我们党没有自己特殊的利益，党的一切奋斗都是为了人民的利益。立党为公、执政为民，是我们党性质、宗旨和初心使命的本质体现。100多年来，中国共产党恪守为中国人民谋幸福的初心，把实现现代化作为自己的使命担当，把以人民为中心贯穿中国式现代化全过程。改革开放初期，为了不断满足人民日益增长的物质文化生活需要，邓小平用"小康"来诠释中国式现代化，明确建设小康社会的目标。伴随中国式现代化的推进，"小康社会"内涵不断丰富、标准不断提升。党的十八大以来，以习近平同志为核心的党中央带领全国各族人民完成了全面建成小康社会的历史性任务，取得举世瞩目的重大胜利，人民群众从切身经历中感受到中国式现代化带来的巨大福祉。2035年和本世纪中叶的发展目标，也都深刻体现了我们党以人民为中心的发展思想。坚持以人民为中心的发展思想，必将激发起全国人民的巨大奋斗精神，凝聚起推进中国式现代化的磅礴伟力。

四是坚持深化改革开放。深入推进改革创新，坚定不移扩大开放，着力破解深层次体制机制障碍，不断彰显中国特色社会主义制度优势，不断增强社会主义现代化建设的动力和活力，把我国制度优势更好转化为国家治理效能。

习近平总书记强调："在整个社会主义现代化进程中，我们都要高举改革开放的旗帜，决不能有丝毫动摇。"党的十一届三中全会以来的历史充分表明，改革开放是决定实现"两个一百年"奋斗目标、实现中华民族伟大复兴的关键一招。当今世界，百年变局加速演进，我国现代化道路上所面临的形势环境变化之快、改革发展稳定任务之重、矛盾风险挑战之多，世所罕见、史所罕见。只有坚定不移推进改革，坚定不移扩大开放，加强国家治理体系和治理能力现代化建设，破解体制障碍、优化资源配置，才能充分调动全社会建设现代化的积极性。一方面，要坚定不移推进改革，以更大的政治勇气和智慧，更加注重改革的系统性、整体性、协同性，不失时机、蹄疾步稳深化重要领域和关键环节改革，提高改革综合效能；另一方面，要坚定不移扩大开放，在开放中创造机遇，在合作中破解难题，同世界各国一道实现互利共赢，为全面建设社会主义现代化国家新征程注入不竭动力。与时俱进完善和发展中国特色社会主义制度和国家治理体系，推动"中国之治"迈向更高境界。

五是坚持发扬斗争精神。增强全党全国各族人民的志气、骨气、底气，不信邪、不怕鬼、不怕压，知难而进、迎难而上，统筹发展和安全，全力战胜前进道路上各种困难和挑战，依靠顽强斗争打开事业发展新天地。

习近平总书记强调："新的征程上，我们面临的风险考验只会越

坚持发扬斗争精神

- 牢牢把握正确斗争方向、立场、原则
- 敢于斗争，善于斗争
- 注重策略方法，讲求斗争艺术
- 加强斗争历练，提高斗争本领

来越复杂，甚至会遇到难以想象的惊涛骇浪。我们面临的各种斗争不是短期的而是长期的，将伴随实现第二个百年奋斗目标全过程。""船到中流浪更急，人到半山路更陡"，在未来的现代化道路上，我们党要团结带领人民有效抵御重大风险、应对重大挑战、解决重大矛盾、克服重大阻力，必须进行具有许多新的历史特点的伟大斗争。敢于斗争、敢于胜利，是党和人民不可战胜的强大精神力量。100多年来党取得的一切成就，不是天上掉下来的，不是别人恩赐的，而是通过不断斗争取得的。迈上全面建设社会主义现代化国家新征程，必须永葆不畏强敌、不惧风险、敢于斗争、勇于胜利的风骨和品质。面对现代化道路上的困难和阻力、风险和挑战，既不能遮掩逃避、视而不见，也不能惶恐失措、阵脚大乱，唯有主动迎战、坚决斗争才能破浪前行、赢得发展。

第四讲

坚持以人民为中心的根本立场

一　把人民对美好生活的向往作为奋斗目标

二　扎实推进全体人民共同富裕

三　坚持党的群众路线

党的十八大以来，以习近平同志为核心的党中央坚持以人民为中心的发展思想，顺应人民群众对美好生活的向往，落实以民为本、以人为本的执政理念，把增进人民福祉、促进人的全面发展作为一切工作的出发点和落脚点，不断实现好、维护好、发展好最广大人民根本利益和发展为了人民、发展依靠人民、发展成果由人民共享，推动了中国特色社会主义社会建设的理论创新、实践创新、制度创新。

一、把人民对美好生活的向往作为奋斗目标

习近平总书记指出："让老百姓过上好日子是我们一切工作的出发点和落脚点。"

为民造福是立党为公、执政为民的本质要求。人民群众是发展的主体，也是发展的受益者。必须抓住人民最关心最直接最现实的利益

 权威声音

习近平（中共中央总书记、国家主席、中央军委主席）：我们坚持把人民对美好生活的向往作为奋斗目标，坚持以人民为中心的发展思想，着力保障和改善民生，着力解决人民急难愁盼问题，让中国式现代化建设成果更多更公平地惠及全体人民。

问题，坚持尽力而为、量力而行，坚持在发展中保障和改善民生，鼓励共同奋斗创造美好生活，深入群众、深入基层，抓住最需要关心的人群，采取更多惠民生、暖民心举措，着力解决好人民群众急难愁盼问题，在更高水平上实现幼有所育、学有所教、劳有所得、病有所医、老有所养、住有所居、弱有所扶，健全基本公共服务体系，提高公共服务水平，增强均衡性和可及性，让人民有更多、更直接、更实在的获得感、幸福感、安全感，不断实现人民对美好生活的向往。

时代是出卷人，我们是答卷人，人民是阅卷人。人民是我们党的工作的最高裁决者和最终评判者。党的执政水平和执政成效都不是由自己说了算，必须而且只能由人民来评判，最终都要看人民是否真正得到了实惠，人民生活是否真正得到了改善，人民权益是否真正得到了保障。在新时代新征程上，我们面临的挑战和问题依然严峻复杂，党面临的赶考远未结束。要坚持把人民拥护不拥护、赞成不赞成、高兴不高兴、答应不答应作为衡量一切工作得失的根本标准，努力向历史、向人民交出新的更加优异的答卷。

二、扎实推进全体人民共同富裕

治国之道，富民为始。共同富裕是中国人民自古以来的理想追求。让全体人民过上幸福美满的生活、实现共同富裕，是中国共产党人矢志不渝的奋斗目标。党的十八大以来，以习近平同志为核心的党中央将逐步实现全体人民共同富裕摆到了更加重要的位置。党的十九届五中全会将"全体人民共同富裕取得更为明显的实质性进展"，作为2035年基本实现社会主义现代化远景目标的重要内容。党的二十大报告将实现全体人民共同富裕纳入中国式现代化的本质要求，并对扎实推进共同富裕作出了重要的战略部署。

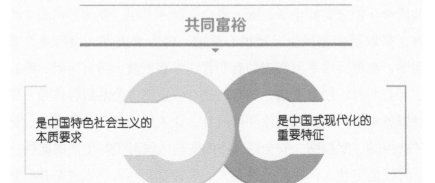

共同富裕

是中国特色社会主义的
本质要求

是中国式现代化的
重要特征

正确处理财富创造和分配问题。习近平总书记指出："实现共同富裕的目标，首先要通过全国人民共同奋斗把'蛋糕'做大做好，然后通过合理的制度安排正确处理增长和分配关系，把'蛋糕'切好分好。"为避免西方国家出现的贫富悬殊、两极分化问题，我们既要不断解放和发展社会生产力，创造和积累社会财富，又要构建初次分配、再分配、第三次分配协调配套的制度体系，加大税收、社会保障、转移支付等的调节力度，加强困难群体就业兜底帮扶等，更好解决发展不平衡不充分的问题，促进社会公平正义，让社会主义制度的优越性得到更充分体现。

始终坚持物质和精神相协调。习近平总书记指出，"我们说的共同富裕是全体人民共同富裕，是人民群众物质生活和精神生活都富裕"。扎实推进共同富裕，既要"富口袋"，又要"富脑袋"，强化社会主义核心价值观引领，加强爱国主义、集体主义、社会主义教育，不断满足人民群众多样化、多层次、多方面的精神文化需求，不断提升人民生活品质。

深入把握实现共同富裕的长期性。习近平总书记指出，"共同富裕是一个长远目标，需要一个过程，不可能一蹴而就，对其长期性、艰巨性、复杂性要有充分估计"。为此，我们党对推进共同富裕作出战略部署：到"十四五"末，全体人民共同富裕迈出坚实步伐，居民收入和实际消费水平差距逐步缩小；到2035年，全体人民共同富裕取得更为明显的实质性进展，基本公共服务实现均等化；到本世纪中叶，全体人民共同富裕基本实现，居民收入和实际消费水平差距缩小到合理区间。

三、坚持党的群众路线

坚持以人民为中心，必须始终践行党的初心使命，贯彻党的群众路线，从群众中汲取智慧和经验，充分发扬党密切联系群众和全心全意为人民服务的优良作风，保持与发展党的先进性和纯洁性，保持党同人民群众的血肉联系。

群众路线是我们党始终坚持的根本工作方法，密切联系群众是党的性质和宗旨的体现。习近平总书记指出："群众路线是我们党的生命线和根本工作路线，是我们党永葆青春活力和战斗力的重要传家宝。"

坚持党的群众路线，核心的问题是党要始终保持同人民群众的血肉联系，一刻也不脱离群众。贯彻党的群众路线，是保持党同人民群众血肉联系的根本途径和重要方法。我们党的最大政治优势是密切联系群众，党执政后的最大危险是脱离群众。能否保持党同人民群众的血肉联系，决定党的事业兴衰成败。党的领导工作的正确方法，就是将群众意见集中起来形成正确的决策，又到群众中宣传解释，将决策化为群众的行动，并在群众实践中检验这些决策是否正确。

习近平总书记指出："前进道路上，全党要坚持全心全意为人民服务的根本宗旨，树牢群众观点，贯彻群众路线，尊重人民首创精神，

党的群众路线的主要内涵

"一切为了群众"，是我们党工作的出发点和落脚点，回答"为了谁"的问题

"从群众中来，到群众中去"，强调党性与人民性的统一，回答"我是谁""从哪里来"的问题

党的群众路线

"一切依靠群众"，涉及推动工作的根本动力源泉，回答"依靠谁"的问题

"把党的正确主张变为群众的自觉行动"，在前三点的基础上，回答"怎么办""往哪里去"的问题

坚持一切为了人民、一切依靠人民，从群众中来、到群众中去，始终保持同人民群众的血肉联系，始终接受人民批评和监督，始终同人民同呼吸、共命运、心连心。"

不论过去、现在还是将来，都要真正把群众路线贯彻到党治国理政的全部活动之中、植根于全党同志思想之中、落实到每个党员行动上，把全心全意为人民服务落实到具体行动中，真抓实干解民忧、纾民怨、暖民心。在任何时候任何情况下，坚信群众是真正英雄的历史唯物主义观点不能丢，与人民群众同呼吸共命运的立场不能变，全心全意为人民服务的根本宗旨不能忘，确保我们党永远赢得人民群众的信任和支持，筑牢永远立于不败之地的人民根基。

第五讲

牢牢把握高质量发展这个首要任务

高质量发展是全面建设社会主义现代化国家的首要任务。没有坚实的物质技术基础，就不可能全面建成社会主义现代化强国。

　　党的十八大以来，以习近平同志为核心的党中央深入分析我国发展新的历史条件和阶段、全面认识和把握我国现代化建设实践历程以及各国现代化建设一般规律，创造性地提出了我国经济建设已由高速增长阶段转向高质量发展阶段的重大论断，并在党的二十大报告中作出推动高质量发展的一系列重大决策部署，要求构建高水平社会主义市场经济体制、建设现代化产业体系、全面推进乡村振兴、促进区域协调发展、推进高水平对外开放。

一、贯彻新发展理念、构建新发展格局、推动高质量发展

（一）贯彻新发展理念

　　发展是党执政兴国的第一要务，是解决我国一切问题的基础和关键。贯彻新发展理念是关系我国发展全局的一场深刻变革，是新时代我国发展壮大的必由之路。

　　党的十八大以来，面对全面建成小康社会决胜阶段复杂的国内外形势，面对经济社会发展新趋势新机遇和新矛盾新挑战，我们党鲜明

提出了创新、协调、绿色、开放、共享的新发展理念。新发展理念，是在深刻分析国内外发展大势和我国经济社会发展存在问题的基础上总结提出的，也是在深刻总结国内外发展经验教训的基础上提炼形成的，集中反映了我们党对经济社会发展规律认识的深化。

新发展理念是一个系统的理论体系，回答了关于发展的目的、动力、方式、路径等一系列理论和实践问题，阐明了我们党关于发展的政治立场、价值导向、发展模式、发展道路等重大政治问题，丰富发展了中国特色社会主义政治经济学。其中，创新发展注重的是解决发展动力问题，协调发展注重的是解决发展不平衡问题，绿色发展注重的是解决人与自然和谐共生问题，开放发展注重的是解决发展内外联动问题，共享发展注重的是解决社会公平正义问题。

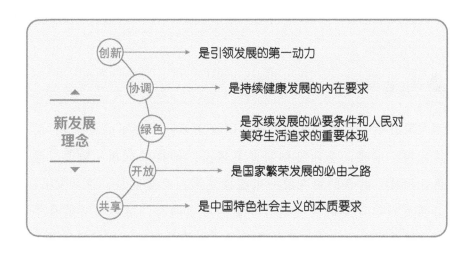

第一，创新是引领发展的第一动力。发展动力决定发展的速度、效能、可持续性。坚持创新发展，是分析近代以来世界发展历程特别是总结我国改革开放成功实践得出的结论，是应对发展环境变化、增强发展动力、把握发展主动权、更好引领新常态的根本之策。抓住了创新，就抓住了牵动经济社会发展全局的"牛鼻子"。树立创新发展理念，就必须把创新摆在国家发展全局的核心位置，不断推进理论创新、制度创新、科技创新、文化创新等各方面创新，让创新贯穿党和国家一切工作，让创新在全社会蔚然成风。

第二，协调是持续健康发展的内在要求。唯物辩证法认为，事物是普遍联系的，事物及事物各要素相互影响、相互制约，整个世界是相互联系的整体，也是相互作用的系统。坚持唯物辩证法，就要从客观事物的内在联系去把握事物，去认识问题、处理问题。要充分认识协调既是发展手段又是发展目标，同时还是评价发展的标准和尺度，着力推动区域、城乡、物质文明和精神文明协调发展，经济建设和国防建设融合发展，发挥各地区比较优势，促进生产力布局优化。

第三，绿色是永续发展的必要条件和人民对美好生活追求的重要体现。绿色发展，就其要义来讲，就是要解决好人与自然和谐共生问题。人类发展活动必须尊重自然、顺应自然、保护自然，否则就会遭

 权威声音

习近平（中共中央总书记、国家主席、中央军委主席）：必须完整、准确、全面贯彻新发展理念，始终以创新、协调、绿色、开放、共享的内在统一来把握发展、衡量发展、推动发展；必须更好统筹质的有效提升和量的合理增长，始终坚持质量第一、效益优先，大力增强质量意识，视质量为生命，以高质量为追求；必须坚定不移深化改革开放、深入转变发展方式，以效率变革、动力变革促进质量变革，加快形成可持续的高质量发展体制机制；必须以满足人民日益增长的美好生活需要为出发点和落脚点，把发展成果不断转化为生活品质，不断增强人民群众的获得感、幸福感、安全感。

到大自然的报复，这个规律谁也无法抗拒。人生于自然，人与自然是一种共生关系。树立绿色发展理念，就必须坚持节约资源和保护环境的基本国策，坚持可持续发展，坚定走生产发展、生活富裕、生态良好的文明发展道路，加快建设资源节约型、环境友好型社会，形成人与自然和谐发展现代化建设新格局，推进美丽中国建设，为全球生态安全作出新贡献。

第四，开放是国家繁荣发展的必由之路。要发展壮大，必须主动顺应经济全球化潮流，坚持对外开放，充分运用人类社会创造的先进科学技术成果和有益管理经验。树立开放发展理念，要求顺应我国经济深度融入世界经济的趋势，奉行互利共赢的开放战略，坚持内外需协调、进出口平衡、引进来和走出去并重、引资和引技引智并举，发展更高层次的开放型经济，积极参与全球经济治理和公共产品供给，提高我国在全球经济治理中的制度性话语权，构建广泛的利益共同体。

第五，共享是中国特色社会主义的本质要求。共享发展理念实质就是坚持以人民为中心的发展思想，体现的是逐步实现全体人民共同富裕的要求。共享发展理念的内涵主要有4个方面：一是共享是全民共享。这是就共享的覆盖面而言的。共享发展是人人享有、各得其所，不是少数人共享、一部分人共享。二是共享是全面共享。这是就共享的内容而言的。共享发展就要共享国家经济、政治、文化、社会、生态各方面建设成果，全面保障人民在各方面的合法权益。三是共享是共建共享。这是就共享的实现途径而言的。共建才能共享，共建的过程也是共享的过程。要充分发扬民主，广泛汇聚民智，最大激发民力，形成人人参与、人人尽力、人人都有成就感的生动局面。四是共享是渐进共享。这是就共享发展的推进进程而言的。一口吃不成胖子，共享发展必将有一个从低级到高级、从不均衡到均衡的过程，即使达到很高的水平也会有差别。这4个方面是相互贯通的，要整体理解和把握。

（二）构建新发展格局

加快形成以国内大循环为主体、国内国际双循环相互促进的新发展格局，是以习近平同志为核心的党中央科学把握国内外大势，根据我国发展阶段、环境、条件变化，着眼我国经济中长期发展作出的重大战略部署，也是贯彻新发展理念、推动高质量发展的重大举措。

习近平总书记在《关于〈中共中央关于制定国民经济和社会发展第十四个五年规划和二〇三五年远景目标的建议〉的说明》中指出："构建新发展格局，是与时俱进提升我国经济发展水平的战略抉择，也是塑造我国国际经济合作和竞争新优势的战略抉择。"在党的十九届五中全会第二次全体会议上的讲话中，他又指出："构建以国内大循环为主体、国内国际双循环相互促进的新发展格局，是根据我国发展阶段、环境、条件变化，特别是基于我国比较优势变化，审时度势

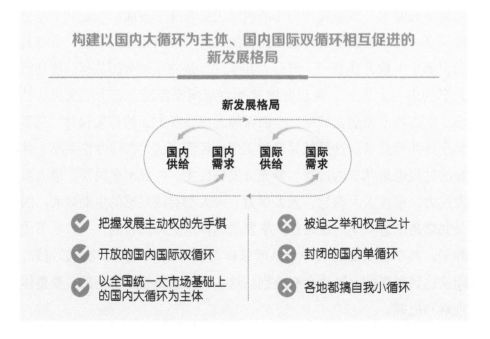

作出的重大决策，是事关全局的系统性、深层次变革，是立足当前、着眼长远的战略谋划。"

必须认识到，构建新发展格局是把握未来和发展主动权的战略性布局和先手棋，不是被迫之举和权宜之计；是开放的国内国际双循环，不是封闭的国内单循环；是以全国统一大市场基础上的国内大循环为主体，不是各地都搞自我小循环。

构建新发展格局，关键在于经济循环的畅通无阻，最本质的特征是实现高水平的自立自强。大国经济的共同特征是内部可循环，国内供给和国内需求对于经济循环起到主要的支撑作用，同时提供巨大国内市场和供给能力，支撑并带动外循环。我国作为全球第二大经济体和制造业第一大国，经过改革开放 40 多年的发展，经济快速成长，市场规模巨大，国内大循环的条件和基础日益完善，在国际形势充满不稳定性不确定性的背景下，依托国内大市场优势，充分挖掘内需潜力，构建以国内大循环为主体的双循环发展格局，有利于化解外部冲击和外需收缩带来的影响，有利于在极端情况下保证我国经济基本正常运行和社会大局总体稳定，确保第二个百年奋斗目标顺利实现。

（三）推动高质量发展

高质量发展是"十四五"时期乃至更长时期我国经济社会发展的主题，关系我国社会主义现代化建设全局。

党的十九大报告首次明确提出："我国经济已由高速增长阶段转向高质量发展阶段。"党的二十大报告进一步提出："高质量发展是全面建设社会主义现代化国家的首要任务。"

对于高质量发展的内涵，习近平总书记指出："高质量发展，就是能够很好满足人民日益增长的美好生活需要的发展，是体现新发展理念的发展，是创新成为第一动力、协调成为内生特点、绿色成为普遍形态、开放成为必由之路、共享成为根本目的的发展。"

　　推动高质量发展，是保持经济持续健康发展的必然要求，是适应我国社会主要矛盾变化和全面建设社会主义现代化国家的必然要求，是遵循经济发展规律的必然要求，为科学把握新时代我国经济发展的历史方位提供了根本遵循。

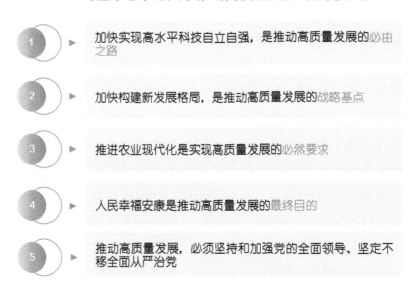

习近平总书记关于推动高质量发展的重要论断

1 ▶ 加快实现高水平科技自立自强，是推动高质量发展的必由之路

2 ▶ 加快构建新发展格局，是推动高质量发展的战略基点

3 ▶ 推进农业现代化是实现高质量发展的必然要求

4 ▶ 人民幸福安康是推动高质量发展的最终目的

5 ▶ 推动高质量发展，必须坚持和加强党的全面领导、坚定不移全面从严治党

　　进入高质量发展阶段，我国经济正在向形态更高级、分工更复杂、结构更合理的阶段演化，需求条件、要素条件和潜在增长率发生重要变化，发展中的矛盾和问题集中体现在发展质量上。只有准确认识我国经济发展的阶段性特征，立足新发展阶段推动高质量发展，实现发展方式从规模速度型转向质量效益型，促进经济增长由主要依靠增加物质资源消耗向主要依靠科技进步、劳动者素质提高、管理创新转变，推动经济发展实现质量变革、效率变革、动力变革，才能以更加平衡更加充分的发展满足人民日益增长的美好生活需要，不断增强

国家综合实力和抵御风险能力，才能顺利完成工业化、实现现代化。

二、构建高水平社会主义市场经济体制

我国基本经济制度是中国特色社会主义制度的重要支柱，也是社会主义市场经济体制的根基。公有制为主体、多种所有制经济共同发展，按劳分配为主体、多种分配方式并存，社会主义市场经济体制等构成了我国社会主义基本经济制度，必须长期坚持。

要构建更加系统完备、更加成熟定型的高水平社会主义市场经济体制。毫不动摇巩固和发展公有制经济，深化国资国企改革，加快国有经济布局优化和结构调整，推动国有资本和国有企业做强做优做大，提升企业核心竞争力。毫不动摇鼓励、支持、引导非公有制经济发展，优化民营企业发展环境，依法保护民营企业产权和企业家权益，促进民营经济发展壮大。

经济体制改革的核心问题是处理好政府和市场的关系，必须更加尊重市场规律，更好发挥政府作用。在市场作用和政府作用的问题上，要讲辩证法、两点论。使市场在资源配置中起决定性作用，更好地发挥政府作用，二者是统一的，不是相互否定的，不能将二者割裂开来、对立起来。要用好"看不见的手"和"看得见的手"，推动有效市场和有为政府更好结合。建设高标准市场体系，深化要素市场化改革，加快构建高效规范、公平竞争、充分开放的全国统一大市场。

在社会主义市场经济体制下，资本是带动各类生产要素集聚配置的重要纽带。改革开放40多年来，资本同土地、劳动力、技术、数据等生产要素共同为社会主义市场经济繁荣发展作出了贡献。同时，资本具有逐利本性，如不加以规范和约束，就会给经济社会发展带来不可估量的危害。必须历史地、发展地、辩证地认识和把握我国社会存在的各类资本及其作用，正确认识和把握资本的特性和行为规律，依法规范和引导资本健康发展，使之始终服从和服务于人民和国家利益。要为资本设立"红绿灯"，健全资本发展的法律制度，形成框架完整、逻辑清晰、制度完备的规则体系，健全事前引导、事中防范、事后监管相衔接的全链条资本治理体系。

三、建设现代化产业体系

现代化经济体系，是由社会经济活动各个环节、各个层面、各个领域的相互关系和内在联系构成的一个有机整体，是新发展格局的基础。

要建设创新引领、协同发展的产业体系，实现实体经济、科技创新、现代金融、人力资源协同发展，使科技创新在实体经济发展中的贡献份额不断提高，现代金融服务实体经济的能力不断增强，人力资源支撑实体经济发展的作用不断优化。制造业是立国之本、强国之基，抓实体经济一定要大抓制造业，推动制造业高质量发展，加快建设制造强国。传统产业是现代化产业体系的基底，要加快数字化转型。战略性新兴产业是引领未来发展的新支柱和新赛道。要推动战略性新兴产业融合发展，构建新一代信息技术、人工智能、生物技术、新能源、新材料、高端装备、绿色环保等一批新的增长引擎。

要确保产业链供应链在关键时刻不掉链子。这是大国经济必须具备的重要特征。确保极端情景下国民经济循环畅通，必须切实提升产业链供应链韧性和安全水平，做到不仅能生存、还要有发展。要推动短板产业补链、优势产业延链，传统产业升链、新兴产业建链，增强产业发展的接续性和竞争力。优化生产力布局，推动重点产业在国内外有序转移，支持企业深度参与全球产业分工和合作，促进内外产业深度融合。

要促进数字经济与实体经济深度融合，推进数字产业化和产业数字化，赋能传统产业转型升级，催生新产业新业态新模式，加快建设网络强国、数字中国。

要加快新型基础设施建设，加强交通基础设施建设，构建现代化能源体系，加强水利基础设施建设，加强农业农村基础设施建设，为全面建设社会主义现代化国家打下坚实基础。

四、全面推进乡村振兴

全面建设社会主义现代化国家，最艰巨最繁重的任务仍然在农村。实施乡村振兴战略，农业农村现代化是总目标，坚持农业农村优先发展是总方针，产业兴旺、生态宜居、乡风文明、治理有效、生活富裕是总要求，建立健全城乡融合发展体制机制和改革体系是保障制度。加快建设农业强国，扎实推动乡村产业、人才、文化、生态、组织振兴。

巩固和完善农村基本经营制度，发展新型农村集体经济，发展新型农业经营主体和社会化服务，发展农业适度规模经营。深化农村土地制度改革，赋予农民更加充分的财产权益。保障进城落户农民合法土地权益，鼓励依法自愿有偿转让。完善农业支持保护制度，健全农村金融服务体系。

巩固和完善保障粮食安全的制度政策，深入实施以我为主、立足国内、确保产能、适度进口、科技支撑的国家粮食安全战略，全方位夯实粮食安全根基，全面落实粮食安全党政同责，完善最严格的耕地保护制度，牢牢守住18亿亩耕地红线，切实落实藏粮于地、藏粮于技战略，树立大食物观，发展设施农业，构建多元化食物供给体系。深入实施种业振兴行动，强化农业科技和装备支撑，健全种粮农民收益保障机制和主产区利益补偿机制，确保中国人的饭碗牢牢端在自己手中。

五、促进区域协调发展

我国幅员辽阔、人口众多，各地自然资源禀赋差别很大，统筹区域发展从来都是一个重大问题。2019年8月，习近平总书记在中央财经委员会第五次会议上提出了新形势下促进区域协调发展总的思路，即按照客观经济规律调整完善区域政策体系，发挥各地区比较优势，促进各类要素合理流动和高效集聚，增强创新发展动力，加快构建高质量发展的动力系统，增强中心城市和城市群等经济发展优势区域的经济和人口承载能力，增强其他地区在保障粮食安全、生态安全、边疆安全等方面的功能，形成优势互补、高质量发展的区域经济布局。

为此，要深入实施区域协调发展战略、区域重大战略、主体功能区战略、新型城镇化战略，优化重大生产力布局，构建优势互补、高质量发展的区域经济布局和国土空间体系。推动西部大开发形成新格局，推动东北全面振兴取得新突破，促进中部地区加快崛起，鼓励东部地区加快推进现代化。支持革命老区、民族地区加快发展，加强边疆地区建设，推进兴边富民、稳边固边。推进京津冀协同发展、长江经济带发展、长三角一体化发展，推动黄河流域生态保护和高质量发展。高标准、高质量建设雄安新区，推动成渝地区双城经济圈建设。推进以人为核心的新型城镇化，加快农业转移人口市民化。以城市群、都市圈为依托构建大中小城市协调发展格局，推进以县城为重要载体的城镇化建设。发展海洋经济，保护海洋生态环境，加快建设海洋强国。

六、推进高水平对外开放

党的二十大报告指出："依托我国超大规模市场优势，以国内大循环吸引全球资源要素，增强国内国际两个市场两种资源联动效应，提升贸易投资合作质量和水平。"

（一）坚定不移扩大对外开放

科学认识国内大循环和国内国际双循环的关系，建设更高水平开放型经济新体制，树立全球视野，以更加积极主动的姿态走向世界，全面谋划高水平全方位对外开放新格局，实施更大范围、更宽领域、更深层次的对外开放，更好利用国内国际两个市场两种资源，更好联通国内市场和国际市场。提高在全球配置资源能力，更好争取开放发展中的战略主动，有效防范和化解国际经济合作中的安全风险，以扩大开放带动创新、推动改革、促进发展。

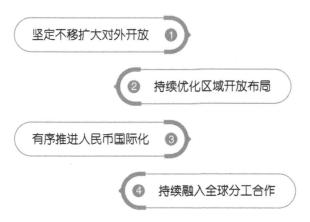

持续推进高水平对外开放主要部署

1. 坚定不移扩大对外开放
2. 持续优化区域开放布局
3. 有序推进人民币国际化
4. 持续融入全球分工合作

　　适应新形势、把握新特点，推动由商品和要素流动型开放向规则、规制、管理、标准等制度型开放转变，完善公开、透明的涉外法律体系，统一内外资法律法规，全面实行准入前国民待遇加负面清单管理制度。进一步放宽外资市场准入，健全外商投资国家安全审查制度，健全跨境服务贸易负面清单管理制度，尊重国际营商惯例，保护外资企业合法权益。

　　坚持对话协商、共建共享、合作共赢、交流互鉴，推动共建"一带一路"走深走实造福世界各国人民，把"一带一路"建设成为和平之路、繁荣之路、开放之路、绿色之路、创新之路、文明之路，努力实现政策沟通、设施联通、贸易畅通、资金融通、民心相通。

（二）持续优化区域开放布局

　　优化区域开放布局，鼓励各地立足比较优势扩大开放，强化区域间开放联动，完善境内外经济园区合作机制，推动对外开放平台合理分工，形成陆海内外联动、东西双向互济的开放格局。加快海南自由贸易港建设，完善自由贸易试验区布局，进一步发挥自由贸易试验区和自由贸易港全面深化改革和扩大开放试验田作用，在营造优良投资环境、提升贸易便利化水平、推动金融创新服务实体经济等领域先行先试等方面，加大改革授权和开放力度，给予政策扶持。

（三）有序推进人民币国际化

完善以市场供求为基础、有管理的浮动汇率制度，坚持货币政策和汇率政策的独立性，确保人民币币值相对稳定，有序推进资本项目开放。加强国际金融合作顶层设计，完善区域性货币合作体系，创新金融合作机制，扩大货币互换规模。逐步提高国际贸易中人民币的使用程度，推动石油等大宗商品的人民币计价结算，打造多元化人民币离岸中心，实现人民币国际化的贸易驱动、投资计价驱动、金融产品创新驱动的多层次发展模式。

（四）持续融入全球分工合作

坚定不移融入全球产业分工体系，有效利用国内国际两个市场、两种资源，大力推动多双边贸易和投资发展，引进资金与引进国际先进技术、管理理念和高端人才相结合，发挥外资对产业提升的积极作用，促进外资结构由劳动密集型产业逐步向资本、技术密集型产业升级。加快企业"走出去"步伐，鼓励企业发挥自身优势积极开展国际产能合作，深度嵌入全球产业链。

七、坚持教育优先发展、科技自立自强、人才引领驱动

世界现代化的进程，从一定意义上说是人类知识革命的产物，离

不开教育的积淀、科技的突破、人才的支撑。现代化强国，必定是教育强国、科技强国、人才强国。正是基于对教育、科技、人才重要作用的深刻认识，习近平总书记多次就教育、科技、人才三者关系进行深入阐释和剖析，强调指出了"百年大计，教育为本""科学技术是第一生产力""人才是第一资源""创新是第一动力"等重大科学论断，并在党的二十大报告中作出了科教兴国战略、人才强国战略、创新驱动发展战略等一系列重大部署，为加快建设教育强国、科技强国、人才强国指明了前进方向和实践路径。

（一）教育优先发展

教育兴则国家兴，教育强则国家强。历史证明，谁能优先发展教育，谁就能拥有科技创新与人才资源的比较优势，谁就占有国际竞争的先机。党的十八大以来，以习近平同志为核心的党中央高度重视教育事业，把教育摆在优先发展地位，围绕优先发展教育事业、实现教育现代化、加快建设教育强国等作出一系列重大决策，推动新时代教育事业取得举世瞩目的伟大成就。当前，我国已建成世界上规模最大的教育体系，教育现代化发展总体水平跨入世界中上国家行列。但也要看到，我国离教育强国仍有一定差距，"钱学森之问"还不同程度地存在。

我们要建设的教育强国，是中国特色社会主义教育强国，必须以坚持党对教育事业的全面领导为根本保证，以立德树人为根本任务，以为党育人、为国育才为根本目标，以服务中华民族伟大复兴为重要使命，以教育理念、体系、制度、内容、方法、治理现代化为基本路径，以支撑引领中国式现代化为核心功能，最终是办好人民满意的教育。

培养什么人、怎样培养人、为谁培养人是教育的根本问题，也是

建设中国特色社会主义教育强国

根本保证 — 坚持党对教育事业的全面领导	根本任务 — 立德树人
根本目标 — 为党育人、为国育才	重要使命 — 服务中华民族伟大复兴
基本路径 — 教育理念、体系、制度、内容、方法、治理现代化	核心功能 — 支撑引领中国式现代化

建设教育强国的核心课题。育人的根本在于立德。新时代新征程，我们要落实好党的教育方针，把立德树人融入思想道德教育的各个环节，贯穿基础教育、职业教育、高等教育各个领域，引导青少年坚定理想信念、厚植爱国主义情怀、培育高尚的道德情操、锻造坚忍不拔的奋斗精神，成为担当民族复兴大任的时代新人。

党的十八大以来，党和政府一直为促进教育公平、提高教育质量持续不断地努力，使教育的格局和面貌发生了很大变化，在解决有学上、上好学方面取得了显著成效。下一步，将重点围绕建设教育强国的目标任务，加快义务教育优质均衡发展和城乡一体化，强化学前教育、特殊教育普惠发展，坚持高中阶段学校多样化发展，统筹职业教育、高等教育、继续教育协同创新，使教育事业中国特色更加鲜明、教育现代化加速推进、教育方面人民群众获得感明显增强。

（二）科技自立自强

党的十八大以来，以习近平同志为核心的党中央坚持把科技创新摆在我国现代化建设全局的核心位置，大力推进科技自立自强，在许多重要领域取得自主创新的历史性突破，"神舟"飞天、"蛟龙"入海、"嫦娥"奔月、"墨子"传信、"北斗"组网、"天眼"巡空、"天问"探火等成就令世人为之惊叹。在全球创新指数排名中，我国从2012年的第34位上升到2022年的第11位。

当今世界正经历百年未有之大变局，科技创新是其中一个关键变量。各主要国家纷纷把科技创新作为国际战略博弈的主要战场，围绕科技制高点的竞争空前激烈。党的二十大瞄准2035年我国进入创新型国家前列的目标，专门部署了完善科技创新体系、加快实施创新驱动发展战略的重点任务，对加快实现高水平科技自立自强、加快建设科技强网提出了新的要求。

推进高水平科技自立自强，完善科技创新体系尤为重要。党的二十大提出完善党中央对科技工作统一领导的体制、健全新型举国体制、强化国家战略科技力量等重大战略部署，并就完善科技创新体系提出一系列具体举措。我国提出加快实施创新驱动发展战略，是适应我国发展阶段性特征的必然选择，也是遵循经济社会发展规律的必然要求。实施这一重大战略，就是要坚持面向世界科技前沿、面向经济主战场、面向国家重大需求、面向人民生命健康，加快实现高水平科技自立自强，在原创性引领性科技攻关、国家重大科技项目、基础研究以及科技成果转化上取得明显进展，为实现高质量发展、推进现代化建设提供不竭动力。

（三）人才引领驱动

功以才成，业由才广。人才是第一资源，是全面建设社会主义现代化国家的基础性、战略性支撑。党的十八大以来，以习近平同志为核心的党中央作出全方位培养、引进、使用人才的重大部署，提出"加快建设世界重要人才中心和创新高地"的重大任务，推动我国人才事业蓬勃发展。但也必须看到，与我们面对的国内外形势任务相比，我国培养、引进和使用人才的任务还很重。

当前，新一轮科技革命和产业变革迅猛发展，世界主要国家综合国力和科技的竞争更趋激烈，对人才的需求更加迫切。党的二十大立足全局、面向未来，对深入实施人才强国战略作出新的战略谋划，提出坚持为党育人、为国育才，全面提高人才自主培养质量，着力造就拔尖创新人才，聚天下英才而用之，为我国现代化建设提供强有力的人才支撑。

自主培养人才。坚持独立自主，是党和国家事业不断取得成功的一条基本经验，也是我们这样一个发展中大国培养人才的主要途径。当前我国高等教育体系规模居世界前列，有各项事业发展的广阔舞台，完全能够自主培养造就出更多与中国式现代化相适应、与建设世界重要人才中心和创新高地要求相适应、与人的现代化要求相适应的一流科技领军人才和创新团队。

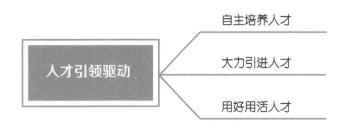

人才引领驱动

自主培养人才

大力引进人才

用好用活人才

问：国家战略人才力量主要包括哪些人？

答：国家战略人才力量包括作为"关键少数"、科学帅才的大师和战略科学家，包括在国家重大科技任务中发挥着骨干带头作用的一流科技领军人才和创新团队，包括国家创新活力之所在、科技发展希望之所在的青年科技人才，包括解决重大科技创新中的复杂工程技术问题，以卓越工程师、大国工匠、高技能人才为代表的宏大的知识型、技术型、创新型劳动者大军。

大力引进人才。"水积而鱼聚，木茂而鸟集。"人才集聚主要靠自主培养也要靠引进，现在，我国处于政治最稳定、经济最繁荣、创新最活跃的时期，已经具备了人才集聚的诸多有利条件，需要进一步加大人才对外开放力度，加强人才国际交流，坚持全球视野、世界一流水平，构建具有全球竞争力的人才制度体系。同时，支持和鼓励人才"走出去"，学习国外先进知识、技术和经验，更好地为我国现代化建设各项事业服务。

用好用活人才。善于用好人才，需要有爱才惜才的诚意、容才兴才的雅量，坚持以用为本、重在使用，着力创新体制机制，把破除制约人才发展的体制机制障碍和政策壁垒作为突破口，搭建干事创业平台，让有真才实学的人才英雄有用武之地。特别加大对青年人才的扶持使用力度，支持青年人才挑大梁、当主角，为事业发展提供不竭的动力和源泉。

第六讲

发展全过程人民民主

一 坚持走中国特色社会主义政治发展道路

二 全过程人民民主的三大优势

三 健全人民当家作主制度体系

四 全面发展协商民主

五 积极发展基层民主

六 巩固和发展最广泛的爱国统一战线

党的十八大以来，以习近平同志为核心的党中央坚定不移走中国特色社会主义政治发展道路，坚持党的领导、人民当家作主、依法治国有机统一，总揽全局、协调各方，积极稳妥推进政治体制改革，不断推进社会主义民主政治建设，发展全过程人民民主，社会主义政治文明建设取得新的重大成就。

一、坚持走中国特色社会主义政治发展道路

必须坚定不移走中国特色社会主义政治发展道路。走中国特色社会主义政治发展道路，必须坚持党的领导、人民当家作主、依法治国

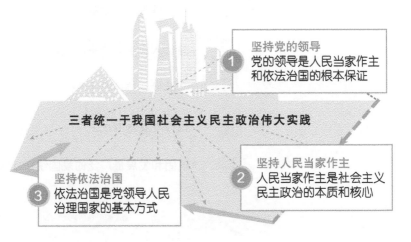

坚持走中国特色社会主义政治发展道路

三者统一于我国社会主义民主政治伟大实践

坚持党的领导
1 党的领导是人民当家作主和依法治国的根本保证

坚持人民当家作主
2 人民当家作主是社会主义民主政治的本质和核心

坚持依法治国
3 依法治国是党领导人民治理国家的基本方式

有机统一。党的领导是人民当家作主和依法治国的根本保证，人民当家作主是社会主义民主政治的本质和核心，依法治国是党领导人民治理国家的基本方式，三者统一于我国社会主义民主政治伟大实践。要坚持和完善我国根本政治制度、基本政治制度、重要政治制度，拓宽民主渠道，丰富民主形式，确保人民依法通过各种途径和形式管理国家事务，管理经济和文化事业，管理社会事务。

在我国政治生活中，党是领导一切的，坚持党的领导、人民当家作主、依法治国有机统一，最根本的是坚持党的领导。中国共产党是中国的最高政治领导力量，也是民主发展的领导力量。中国的民主，是中国共产党领导人民创造的民主。坚持党的领导，是党和国家的根本所在、命脉所在，是全国各族人民的利益所系、幸福所系。中国共产党来自人民、植根人民、服务人民，发展社会主义民主，必须靠党

深阅读

党的十八大以来，我国社会主义民主政治制度化、规范化、程序化全面推进，中国特色社会主义政治制度优越性得到更好发挥。从扩大人民有序政治参与，实现全过程人民民主，到全面深化党和国家机构改革，推进国家治理体系和治理能力现代化，再到完善新型政党制度，助力决策科学化民主化，相关举措有效保障了我国经济实力、综合国力、人民生活水平不断跨上新台阶，有效维护了各民族长期共同繁荣发展、社会长期和谐稳定的大好局面。事实证明：中国特色社会主义政治发展道路是符合中国国情、保证人民当家作主的正确道路，必须坚定不移走下去。

（摘编自《坚定不移走中国特色社会主义政治发展道路》，人民网2022年10月18日，作者：郑岩）

的领导，靠党领航掌舵。

人民当家作主是社会主义民主政治的本质和核心，是我们党始终不渝的奋斗目标。发展中国特色社会主义民主，就是要体现人民意志、保障人民权益、激发人民创造活力，用制度体系保障人民当家作主。

法治是民主长期稳定发展的重要支持和保障。我国社会主义民主坚持民主与法治相辅相成，有力的法治保障成为我国社会主义民主的一大鲜明特征。党领导人民制定宪法和法律，同时保证执法、支持司法、带头守法，通过法定程序使党的主张成为国家意志、形成法律，通过法律保障党的政策有效实施、保障人民当家作主。

二、全过程人民民主的三大优势

全过程人民民主是社会主义民主政治的本质属性，是最广泛、最真实、最管用的民主。我国是工人阶级领导的、以工农联盟为基础的人民民主专政的社会主义国家，国家一切权力属于人民。人民民主是社会主义的生命，是全面建设社会主义现代化国家的应有之义。

党的十八大以来，习近平总书记提出全过程人民民主的重大理念，极大深化了我们对民主政治发展规律的认识，进一步丰富和拓展了中国特色社会主义民主的政治内涵、理论内涵、实践内涵，丰富和发展了马克思主义民主理论，科学回答了"民主之问"、廓清了"民主迷思"，极大增强了中国人民坚持和发展中国特色社会主义民主的自信和底气，为丰富和发展人类政治文明贡献了中国智慧、中国方案、中国力量。

人民是否享有民主权利，既要看人民在选举时是否有投票的权利，也要看人民在日常政治生活中是否有持续参与的权利；既要看人民有没有进行民主选举的权利，也要看人民有没有进行民主决策、民

习近平（中共中央总书记、国家主席、中央军委主席）：我们要继续推进全过程人民民主建设，把人民当家作主具体地、现实地体现到党治国理政的政策措施上来，具体地、现实地体现到党和国家机关各个方面各个层级工作上来，具体地、现实地体现到实现人民对美好生活向往的工作上来。

主管理、民主监督的权利。新中国成立以来，我们不断扩大人民群众有序政治参与，保证人民广泛参加国家治理和社会治理，使广大人民群众无论从形式上还是从实质上都成为国家的主人，真正实现了人民当家作主。

全过程人民民主，是中国共产党团结带领人民追求民主、发展民主、实现民主的伟大创造，是党不断推进中国民主理论创新、制度创新、实践创新的经验结晶。全过程人民民主不仅有完整的制度程序，而且有完整的参与实践，实现了过程民主和成果民主、程序民主和实质民主、直接民主和间接民主、人民民主和国家意志相统一，具有时间上的连续性、内容上的整体性、运行上的协同性、人民参与上的广泛性和持续性，是全链条、全方位、全覆盖的民主。

习近平总书记指出："有事好商量，众人的事情由众人商量，是人民民主的真谛。"在人民内部各方面广泛商量的过程，就是发扬民主、集思广益的过程，就是统一思想、凝聚共识的过程，就是科学决策、民主决策的过程，就是实现人民当家作主的过程。全过程人民民主通过一系列法律和制度安排，真正将民主选举、民主协商、民主决策、民主管理、民主监督各个环节彼此贯通起来，使人民当家作主具体地、现实地体现到党治国理政的政策措施上，具体地、现实地体现

1　最广泛的民主

2　最真实的民主

3　最管用的民主

到党和国家机关各个方面各个层级工作上，具体地、现实地体现到实现人民对美好生活向往的工作上，让中国人民全程、有效、深入地表达自身利益诉求，参与国家政治生活，小到衣食住行，大到改革发展，人民的意愿都能得到最充分的体现。

三、健全人民当家作主制度体系

党的二十大报告指出："坚持和完善我国根本政治制度、基本政治制度、重要政治制度，拓展民主渠道，丰富民主形式，确保人民依法通过各种途径和形式管理国家事务，管理经济和文化事业，管理社会事务。"

（一）健全人民代表大会制度

人民代表大会制度是我国的根本政治制度，是实现全过程人民民主的重要制度载体，是中国人民当家作主的根本途径和最高实现形式。人民代表大会制度符合我国国情和实际、体现社会主义国家性质、保证人民当家作主，是适合我国国情的好制度。在党的领导下，人民代表大会制度保证了人民依法享有广泛权利和自由，人民依法行使选举权利，民主选举产生人大代表，并通过法定和有序的途径、渠

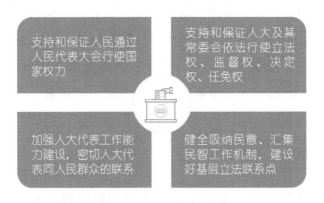

健全人民代表大会制度

支持和保证人民通过人民代表大会行使国家权力

支持和保证人大及其常委会依法行使立法权、监督权、决定权、任免权

加强人大代表工作能力建设，密切人大代表同人民群众的联系

健全吸纳民意、汇集民智工作机制，建设好基层立法联系点

道、方式、程序享有知情权、参与权、表达权、监督权。各级人民代表大会依法履职，通过座谈、论证、咨询、听证等广泛征求和充分听取各方面意见，推进人大协商、立法协商，最大限度吸纳民意、汇集民智，把各方面社情民意统一于最广大人民根本利益之中。

（二）深化群团组织改革和建设

党领导下的工会、共青团、妇联等群团组织是人民群众利益整合、协商的重要平台，在表达所代表的群众利益、协调社会利益关系、维护社会和谐稳定方面具有不可替代的优势，发挥着组织群众、引导群众、服务群众、维护群众合法权益的重要职能。群团组织开展工作和活动要以群众为中心，深入基层、深入群众，增进对群众的真挚感情，争当全心全意为人民服务根本宗旨的忠实践行者、党的群众路线的坚定执行者、党的群众工作的行家里手。

（三）坚持走中国人权发展道路

人权是历史的、具体的、现实的，不能脱离一个国家的社会政治条件和历史文化传统。评价一个国家是否有人权，不能以别的国家标准来衡量，更不能把人权当作干涉别国内政的政治工具，各国都有权利选择自己的人权发展道路，各国之间应该相互尊重、相互包容、相互交流、相互借鉴。中国共产党团结带领人民为争取人权、尊重人权、保障人权、发展人权，充分激发广大人民群众积极性、主动性、创造性，让人民成为人权事业发展的参与者、促进者、受益者，切实推动人的全面发展、全体人民共同富裕取得实质性进展，走出了一条顺应时代潮流、适合本国国情的人权发展道路。

2022年2月25日，习近平总书记在十九届中共中央政治局第三十七次集体学习时，阐明了中国人权发展道路6个方面的主要特征：一是坚持中国共产党领导，中国共产党领导和我国社会主义制度，决定了我国人权事业的社会主义性质；二是坚持尊重人民主体地位，人民性是中国人权发展道路最显著的特征；三是坚持从我国实际出发，我们把人权普遍性原则同中国实际结合起来，从我国国情和人民要求出发推动人权事业发展；四是坚持以生存权、发展权为首要的基本人权，生存是享有一切人权的基础，人民幸福生活是最大的人权；五是坚持依法保障人权，坚持法律面前人人平等；六是坚持积极参与全球人权治理，弘扬全人类共同价值。

四、全面发展协商民主

习近平总书记指出："协商民主是中国社会主义民主政治中独特的、独有的、独到的民主形式。"协商民主在我国有根、有源、有生命力，极大地丰富了民主的形式、拓宽了民主的渠道、加深了民主的内涵。

协商民主是实践全过程人民民主的重要形式。社会主义协商民主，是在中国共产党领导下，人民内部各方面围绕改革发展稳定重大问题和涉及人民群众切身利益的实际问题，在决策之前和决策实施之中开展广泛协商，努力形成共识的重要民主形式。协商民主具体包括政党协商、人大协商、政府协商、政协协商、人民团体协商、基层协商和社会组织协商七种渠道。党的十八大以来，协商民主的渠道、内容、方式、运行机制等不断丰富发展，形成了中国特色协商民主体系，各民主党派、人民团体、社会阶层通过协商民主渠道参政议政的能力、水平和效果都达到新的高度。

社会主义协商民主的七种渠道

中国共产党领导的多党合作和政治协商制度作为我国的一项基本政治制度，具体形式包括政治协商、民主监督、参政议政。它植根于中华民族生存和发展的深厚土壤，产生于中国共产党同各民主党派和无党派人士团结奋斗的风雨征程，发展于建设中国特色社会主义的伟大实践，它既强调中国共产党的领导，也强调发扬社会主义民主，是中国共产党和中国人民的伟大政治创造。要坚持和完善中国共产党领导的多党合作和政治协商制度，坚持党的领导、统一战线、协商民主有机结合，坚持发扬民主和增进团结相互贯通、建言资政和凝聚共识双向发力。

人民政协是中国共产党领导的多党合作和政治协商的重要机构，是实行我国新型政党制度的重要政治形式和组织形式。要发挥人民政协作为专门协商机构作用，加强制度化、规范化、程序化等功能建设，提高深度协商互动、意见充分表达、广泛凝聚共识水平，完善人民政协民主监督和委员联系界别群众制度机制，不断推进理论创新、制度创新和工作创新。

五、积极发展基层民主

基层民主是全过程人民民主的重要体现，能够充分体现全过程人民民主的广泛性、真实性和有效性。只有积极发展基层民主，才能为中国式现代化建设夯实基层基础，提供源源不断的智慧和力量。

（一）健全基层群众自治机制

我国实行以村民自治制度、居民自治制度为主要内容的基层群众自治制度，人民群众在基层党组织的领导和支持下，依法直接行使民主权利，实现自我管理、自我服务、自我教育、自我监督，增强了基层群众的民主意识和民主能力，培养了基层群众的民主习惯，有效防止了人民形式上有权、实际上无权的现象，充分彰显了中国民主的广泛性和真实性，为建设人人有责、人人尽责、人人享有的基层治理共同体提供了坚实制度保障。

（二）健全企事业单位民主管理制度

党的二十大报告指出："全心全意依靠工人阶级，健全以职工代表大会为基本形式的企事业单位民主管理制度，维护职工合法权益。"

职工代表大会等制度是体现工人阶级地位的重要形式，职工代表大会在企事业单位重大决策和涉及职工切身利益等重大事项上发挥着积极作用。同时，企事业单位推行职工董事、职工监事制度，全面实行厂务公开制度，探索领导接待日、劳资恳谈会、领导信箱等形式，反映职工诉求，协调劳动关系和保障职工合法权益，有效维护了职工合法权益。

六、巩固和发展最广泛的爱国统一战线

习近平总书记指出："关于做好新时代党的统一战线工作的重要思想，是党的统一战线百年发展史的智慧结晶，是新时代统战工作的根本指针。"人心是最大的政治，统一战线是凝聚人心、汇聚力量的强大法宝，也是团结海内外全体中华儿女实现中华民族伟大复兴的重要法宝。

完善大统战工作格局。坚持大团结大联合，发挥好统战部门了解情况、掌握政策、协调关系、安排人事、增进共识、加强团结等职能作用，谋求最大公约数，画出最大同心圆，动员全体中华儿女围绕实现中华民族伟大复兴中国梦一起来想、一起来干。

发挥我国社会主义新型政党制度优势。习近平总书记指出，我国新型政党制度，"新就新在它是马克思主义政党理论同中国实际相结合的产物，能够真实、广泛、持久代表和实现最广大人民根本利益、全国各族各界根本利益，有效避免了旧式政党制度代表少数人、少数利益集团的弊端；新就新在它把各个政党和无党派人士紧密团结起来、为着共同目标而奋斗，有效避免了一党缺乏监督或者多党轮流坐庄、恶性竞争的弊端；新就新在它通过制度化、程序化、规范化的安排集中各种意见和建议、推动决策科学化民主化，有效避免了旧式政党制度囿于党派利益、阶级利益、区域和集团利益决策施政导致社会撕裂的弊端"。习近平总书记的讲话深刻阐明了我国新型政党制度的

我国新型政党制度新在何处

能够真实、广泛、持久代表和实现最广大人民根本利益、全国各族各界根本利益，有效避免了旧式政党制度代表少数人、少数利益集团的弊端

把各个政党和无党派人士紧密团结起来，为着共同目标而奋斗，有效避免了一党缺乏监督或者多党轮流坐庄、恶性竞争的弊端

通过制度化、程序化、规范化的安排集中各种意见和建议、推动决策科学化民主化，有效避免了旧式政党制度囿于党派利益、阶级利益、区域和集团利益决策施政导致社会撕裂的弊端

丰富内涵和鲜明特点，为新时代坚持好、发展好、完善好我国新型政党制度指明了前进方向。要坚持长期共存、互相监督、肝胆相照、荣辱与共，加强同民主党派和无党派人士的团结合作，支持民主党派加强自身建设、更好履行职能。

加强党外知识分子思想政治工作，做好新的社会阶层人士工作，强化共同奋斗的政治引领。党外知识分子和新的社会阶层人士是中国共产党领导的多党合作和政治协商制度的重要组成部分，是中国特色社会主义参政力量。更好地把他们团结在党的周围、发挥他们的重要作用，对于提升新型政党制度效能、为实现中华民族伟大复兴更加广泛地凝聚人心和智慧，具有重要意义。

第七讲

坚持全面依法治国

党的十八大以来，以习近平同志为核心的党中央从坚持和发展中国特色社会主义的全局和战略高度定位法治、布局法治、厉行法治，创造性地提出了关于全面依法治国的一系列新理念新思想新战略，形成了习近平法治思想。

2020年11月召开的中央全面依法治国工作会议，正式提出了习近平法治思想，并确立了习近平法治思想在全面依法治国中的指导地位。习近平法治思想是马克思主义法治理论中国化时代化的最新成果，是中国特色社会主义法治理论的重大创新发展，是新时代全面依法治国的根本遵循和行动指南。

一、坚定不移走中国特色社会主义法治道路

中国特色社会主义法治道路，是社会主义法治建设成就和经验的集中体现，是建设社会主义法治国家的唯一正确道路。全面推进依法治国，必须坚持走中国特色社会主义法治道路，建设中国特色社会主义法治体系，建设社会主义法治国家。

中国特色社会主义法治道路本质上是中国特色社会主义道路在法治领域的具体体现，核心要义是坚持党的领导、坚持中国特色社会主义制度、贯彻中国特色社会主义法治理论。坚持中国特色社会主义法治道路，最根本的是坚持党的领导。在坚持和拓展中国特色社会主义法治道路这个根本问题上，我们要增强自信、保持定力，决不照搬别

国模式和做法，决不走西方所谓"宪政""三权鼎立""司法独立"的路子。

中国特色社会主义法治道路的核心要义

⬡	坚持中国共产党的领导	是中国特色社会主义最本质的特征，是社会主义法治最根本的保证
⬡	坚持中国特色社会主义制度	是中国特色社会主义法治体系的根本制度基础，是全面推进依法治国的根本制度保障
⬡	贯彻中国特色社会主义法治理论	是中国特色社会主义法治体系的理论指导和学理支撑，是全面推进依法治国的行动指南

坚定不移走中国特色社会主义法治道路，要深刻认识党的领导是我国社会主义法治之魂，坚持党对全面依法治国的领导，健全党领导全面依法治国的制度机制，通过法治保障党的路线方针政策有效实施。深刻认识全面依法治国最广泛、最深厚的基础是人民，坚持以人民为中心，坚持法治为了人民、依靠人民、造福人民、保护人民，不断增强人民群众获得感、幸福感、安全感。深刻认识中国特色社会主义法治道路是建设社会主义法治国家的唯一正确道路，坚持从中国国情和实际出发，走适合自己的法治道路。

二、完善以宪法为核心的中国特色社会主义法律体系

习近平总书记指出："全面推进依法治国涉及很多方面，在实际工作中必须有一个总揽全局、牵引各方的总抓手，这个总抓手就是建

设中国特色社会主义法治体系。"

中国特色社会主义法治体系贯穿法治国家、法治政府、法治社会建设各个领域，涵盖立法、执法、司法、守法各个环节，涉及法律规范、法治实施、法治监督、法治保障、党内法规各个方面。中国特色社会主义法治体系，本质上是中国特色社会主义制度的法律表现形式，是国家治理体系的骨干工程。

建设中国特色社会主义法治体系，必须加快形成完备的法律规范体系、高效的法治实施体系、严密的法治监督体系、有力的法治保障体系、完善的党内法规体系。加强重点领域、新兴领域、涉外领域立法，统筹推进国内法治和涉外法治，以良法促进发展、保障善治。推进科学立法、民主立法、依法立法，统筹立改废释纂，增强立法系统性、整体性、协同性、时效性。

三、扎实推进依法行政

法治政府建设是全面依法治国的重点任务和主体工程。转变政府职能，优化政府职责体系和组织结构，推进机构、职能、权限、程序、责任法定化，提高行政效率和公信力。深化事业单位改革。深化行政执法体制改革，全面推进严格规范公正文明执法，加大关系群众切身利益的重点领域执法力度，完善行政执法程序，健全行政裁量基准。强化行政执法监督机制和能力建设，严格落实行政执法责任制和责任追究制度。完善基层综合执法体制机制。

加快转变政府职能，用法治给行政权力定规矩、划界限，坚持法定职责必须为、法无授权不可为，着力实现政府职能深刻转变，把该管的事务管好、管到位，形成边界清晰、分工合理、权责一致、运行高效、法治保障的政府机构职能体系。完善行政决策合法性审查制度，规范决策程序，健全政府守信践诺机制，打造市场化、法治化、国际化营商环境，全面提高法治政府建设水平。打牢执法为民的

《法治政府建设实施纲要（2021—2025年）》
规定的法治政府建设的总体目标

总体目标	到2025年	政府行为全面纳入法治轨道，职责明确、依法行政的政府治理体系日益健全，行政执法体制机制基本完善，行政执法质量和效能大幅提升，突发事件应对能力显著增强，各地区各层级法治政府建设协调并进，更多地区实现率先突破，为到2035年基本建成法治国家、法治政府、法治社会奠定坚实基础

思想基础，建立权责统一、权威高效的行政执法机制，深化执法体制改革，开展精准执法、柔性执法，严防机械办案、功利执法，保证行政机关及其工作人员严格规范公正文明执法，让执法既有力度又有温度，做到执法要求与执法形式相统一、执法效果与社会效果相统一。

四、严格公正司法

公正司法是维护社会公平正义的最后一道防线。深化司法体制综合配套改革，全面准确落实司法责任制，加快建设公正高效权威的社会主义司法制度，努力让人民群众在每一个司法案件中感受到公平正义。规范司法权力运行，健全公安机关、检察机关、审判机关、司法行政机关各司其职、相互配合、相互制约的体制机制。强化对司法活动的制约监督，促进司法公正。加强检察机关法律监督工作。完善公益诉讼制度。

我国执法司法公信力显著提升

2017年7月—2022年6月底
立案
公益诉讼案件
67万余件

2018—2020年的扫黑除恶专项斗争
打掉涉黑组织
3644个
打掉涉恶犯罪集团
11675个

数据来源："中国这十年"系列主题新闻发布会

当前司法领域司法不作为、慢作为、乱作为和导向不明、尺度不一、制约不力等问题仍然存在，要改变这种状况，一是强化司法公正的价值引导，健全社会主义核心价值观有效融入司法机制，全面落

深阅读

　　党的十八大以来，党中央深入推进司法体制改革，采取各种有力举措，推进政法领域全面深化改革，加强对执法司法活动的监督制约，开展政法队伍教育整顿，依法纠正冤错案件，确保执法司法公正廉洁高效权威。立法更具针对性、有效性、可操作性。通过宪法修正案，制定民法典、外商投资法、国家安全法、监察法等法律，修改立法法、国防法、环境保护法等法律，加强重点领域、新兴领域、涉外领域立法，加快完善以宪法为核心的中国特色社会主义法律体系。

（摘编自《奉法者强则国强》，《求是》2022年第8期）

实司法责任制，推进审判体系和审判能力现代化。二是有效统一司法标准和尺度。健全完善上级机关集中对下级机关分歧问题的收集、研究、反馈、发布机制，积极运用大数据推送类似案例等措施健全法律统一适用机制，构建全域、全员、全程促进法治统一的工作格局，排除各种法外力量对依法判案的干预，坚决杜绝违法办案和越权办案。三是完善司法监督制约体系。破解对监督者有效监督难的问题，扭转重监督轻制约和监督重程序轻实体、重大错轻小错的失衡现象。深入推进审判公开、检务公开，以公开促公正。

五、加快建设法治社会

　　法治社会是构筑法治国家的基础。弘扬社会主义法治精神，传承中华优秀传统法律文化，引导全体人民做社会主义法治的忠实崇尚者、自觉遵守者、坚定捍卫者。建设覆盖城乡的现代公共法律服务体系，深入开展法治宣传教育，增强全民法治观念。推进多层次多领域依法治理，提升社会治理法治化水平。发挥领导干部示范带头作用，努力使尊法学法守法用法在全社会蔚然成风。

法治信仰不足、义务观念薄弱、人情羁绊突出等问题是影响和制约法治社会建设的难点问题，并且具有长期性、复杂性。为此，要完善法治宣传教育的机制，加强对习近平法治思想进行通俗化阐释，强化立法说明、司法说理，推动普法工作与时俱进创新发展，创新法治宣传方式，在提高针对性、实效性上狠下功夫，强化典型案例对公众的行为指引。强化正确法治思维的影响力，加强对公民义务观念、公共意识、依法维权理念的培养，善于运用新技术新方法，春风化雨、润物无声地提升全民法治素养，有力纠正"法不责众""法外施恩""信访不信法"等不良现象，营造公平、透明、可预期的法治环境。

第八讲

建设中华民族现代文明

一个国家、一个民族的强盛，总是以文化兴盛为支撑的，中华民族伟大复兴需要以中华文化发展繁荣为条件。文化自信是更基础、更广泛、更深厚的自信，是一个国家、一个民族发展中最基本、最深沉、最持久的力量。全面建设社会主义现代国家、以中国式现代化全面推进中华民族伟大复兴，必须有相匹配的文化赋能和文化力量的支撑。

一、习近平文化思想的提出

党的十八大以来，以习近平同志为核心的党中央在领导党和人民推进治国理政的实践中，把文化建设摆在全局工作的重要位置，促使文化领域形势发生全局性、根本性转变，全党全国各族人民文化自信明显增强，全社会凝聚力和向心力极大提升，为新时代开创党和国家事业新局面提供了坚强思想保证和强大精神力量。习近平总书记在新时代文化建设方面的新思想新观点新论断，内涵十分丰富、论述极为深刻，是新时代党领导文化建设实践经验的理论总结，丰富和发展了马克思主义文化理论，构成了习近平新时代中国特色社会主义思想的文化篇，形成了习近平文化思想。

2023年10月召开的全国宣传思想文化工作会议，正式提出和系统阐述了习近平文化思想。习近平文化思想是在中国特色社会主义进入新时代的大背景下，准确把握世界范围内思想文化相互激荡、我国社会思想观念深刻变化的趋势，着力解决文化方面的问题而形成的，是不断探索的理论结晶，是内涵丰富的理论体系，充分反映了习近平总书记关于文化建设理论成果在体系化、学理化方面日益完善的实际，标志着我们党对中国特色社会主义文化建设规律的认识达到了新高度，表明我们党的历史自信、文化自信达到了新高度，在党的宣传思想文化事业发展史上具有里程碑意义。

习近平文化思想既有文化理论观点上的创新和突破，又有文化工

深阅读

党的理论创新每前进一步，理论武装就要跟进一步。我们要认真学习领会习近平文化思想，深刻把握习近平文化思想的重大意义、丰富内涵和实践要求，坚持学以致用，做到学思用贯通、知信行统一。要持续加强对习近平文化思想的学习、研究、阐释，并自觉贯彻落实到宣传思想文化工作各方面和全过程。要深入贯彻习近平文化思想，全面贯彻落实党的二十大关于文化建设的战略部署，聚焦用党的创新理论武装全党、教育人民这个首要政治任务，围绕在新的历史起点上继续推动文化繁荣、建设文化强国、建设中华民族现代文明这一新的文化使命，切实增强做好新时代新征程宣传思想文化工作的责任感使命感，推动各项工作落地见效，为全面建设社会主义现代化国家、全面推进中华民族伟大复兴提供坚强思想保证、强大精神力量、有利文化条件。

（摘编自《深入学习贯彻习近平文化思想——论贯彻落实全国宣传思想文化工作会议精神》，《人民日报》2023 年 10 月 11 日）

作布局上的部署要求，明体达用、体用贯通，明确了新时代文化建设的路线图和任务书。要全面学习贯彻习近平文化思想，必须遵循理论与实践的辩证统一，从新时代文化建设领域创新理论与变革实践的双向互动中把握习近平文化思想的丰富内涵。

二、"三个事关"的重要论断

"宣传思想文化工作事关党的前途命运，事关国家长治久安，事关民族凝聚力和向心力，是一项极端重要的工作"，习近平总书记对宣传思想文化工作"三个事关"的重要论断，进一步深化了我们党对宣传思想文化工作重要性的认识，突出了宣传思想文化工作的战略性和全局性意义。

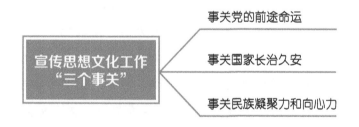

事关党的前途命运。宣传思想文化工作是我们党一项极端重要的工作，是教育、组织和动员广大群众为实现自身利益而奋斗的强大武器。中国共产党成立100多年来，新中国成立70多年来，改革开放40多年来，特别是党的十八大以来，我们的思想政治工作始终贯彻中央要求，与时代同步伐、与人民共命运，走过了不平凡历程，积累了宝贵经验，在革命、建设和改革各个历史时期发挥了不可替代的重要作用。做好宣传思想文化工作，必须使我们党的理论信仰、价值观念、理想目标、执政理念、施政方略、政策主张成为社会成员的共识，这是保证党的执政地位、实现党的理想信仰和奋斗目标的认识前提和观念基础。

事关国家长治久安。一个国家的长治久安是由政治、经济、军事、外交等多种因素促成和推动的。确保国家长治久安，必然要求宣传思想文化工作发挥长期的、积极的、有效的作用，推动全党全国各族人民在党的创新理论指引下不断前行，促进整个社会保持活跃健康积极的思想状态。世界社会主义运动的深刻教训也告诫我们，一个政权的瓦解往往是从思想领域开始的。思想防线攻破了，其他防线就很难守住。苏共垮台的一个重要原因，就是放弃了马克思主义在意识形态领域的指导地位。当今社会，面对改革发展稳定复杂局面和社会思想意识多元多样、媒体格局深刻变化，我们在集中精力进行经济建设的同时，必须把意识形态工作的领导权、管理权、话语权牢牢掌握在手中，任何时候都不能旁落，否则就要犯无可挽回的历史性错误。

事关民族凝聚力和向心力。一个民族的复兴需要强大的物质力量，也需要强大的精神力量。一个民族保持坚强持久的凝聚力和向心力，才能稳步发展下去。维持民族凝聚力和向心力的手段和方法多种多样，宣传思想文化工作是极其重要的方式。做好宣传思想文化工作，有助于形成民族有自己特色的、稳定的价值观，能够不断巩固全党全国各族人民团结奋斗的共同思想基础。我们唯有深入研究新形势下宣传思想文化工作，深刻把握中国特色社会主义文化建设规律，才能把全党全国各族人民的思想行动统一到以中国式现代化全面推进中华民族伟大复兴上来。

三、肩负起新的文化使命

习近平总书记在给全国宣传思想文化工作会议的重要指示中强调，要坚持以新时代中国特色社会主义思想为指导，全面贯彻党的二十大精神，聚焦用党的创新理论武装全党、教育人民这个首要政治任务，围绕在新的历史起点上继续推动文化繁荣、建设文化强国、建设中华民族现代文明这一新的文化使命，坚定文化自信，秉持开放包容，坚持守正创新。这一重要指示，为进一步做好宣传思想文化工作指明了方向，提供了遵循。

聚焦用党的创新理论武装全党、教育人民的首要政治任务。党的十八大以来，我们党坚持用习近平新时代中国特色社会主义思想武装全党、教育人民，为马克思主义中国化时代化进程赢得了广泛的政治认同、思想认同、理论认同、情感认同。面向社会主义现代化建设新征程中的宣传思想文化工作，必须在坚持"两个确立"的基础上加强对习近平文化思想的研究与阐发，调查研究人民群众在文化建设领域普遍关心的理论和实践问题，有针对性地开展理论阐释、教育引导和典型宣传，切实落实好首要政治任务。

继续推动文化繁荣、建设文化强国、建设中华民族现代文明是习近平总书记强调的党在新的历史起点上所应肩负的新的文化使命。继续推动文化繁荣旨在发展面向现代化、面向世界、面向未来的，民族的科学的大众的社会主义文化，铸就社会主义文化新辉煌；建设文化强国旨在围绕举旗帜、聚民心、育新人、兴文化、展形象，建设社会主义文化强国，突出文化建设在中国特色社会主义事业总体布局中的重要作用，使我国由文明古国不断向文化强国迈进；建设中华民族现代文明，旨在推进和拓展中国式现代化的进程中提炼展示中华文明的精神标识和文化精髓，深化文明交流互鉴。其中，建设中华民族现代文明，成为新时代新的文化使命的尤为重要的内涵。

为此，我们必须全面把握以下基本遵循原则。

坚定文化自信。习近平总书记指出："在5000多年文明发展中孕育的中华优秀传统文化，在党和人民伟大斗争中孕育的革命文化和社会主义先进文化，积淀着中华民族最深层的精神追求，代表着中华民族独特的精神标识。"这一重要论述深刻阐明了中华民族文化自信的深厚基础，深刻表明我们党的历史自信、文化自信达到了新高度，充分表明中华民族伟大复兴进程中的文化自觉。我们要始终坚守中华文化立场，传承中华文化基因，推动中华优秀传统文化创造性转化、创新性发展，建设中华民族现代文明，不断为中国式现代化积淀深厚的文化底蕴。

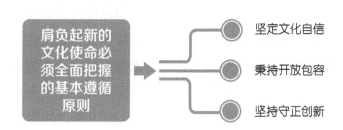

秉持开放包容。习近平总书记指出："交流互鉴是文明发展的本质要求。只有同其他文明交流互鉴、取长补短，才能保持旺盛生命活力。"人类文明延续至今，每一种文明都有其历史合理性，都有其时代进步性，都有着独特的优势。"不同""多元"是社会发展的必然，更是现代社会文明进步的标志。只有做到兼容并蓄，开放学习借鉴其他文明的有益成果，才能更好实现自身的发展。

坚持守正创新。在新的历史起点上继续推动文化繁荣、建设文化强国、建设中华民族现代文明，决不能抛弃马克思主义这个魂脉，决不能抛弃中华优秀传统文化这个根脉。我们要深入挖掘和汲取中华优秀传统文化精华，把马克思主义思想精髓同中华优秀传统文化精华贯通起来、同人民群众日用而不觉的共同价值观念融通起来，在"两个结合"中守正创新，构筑中华文化新气象、激扬中华文明新活力，努力建设中华民族现代文明，为中国式现代化提供更加深厚的文化底蕴和强大的精神力量。

四、牢牢把握"七个着力"的要求

对于新时代宣传思想文化工作所应把握的实践着力点，习近平总书记提出了"七个着力"，即着力加强党对宣传思想文化工作的领导，着力建设具有强大凝聚力和引领力的社会主义意识形态，着力培育和践行社会主义核心价值观，着力提升新闻舆论传播力引导力影响力公信力，着力赓续中华文脉、推动中华优秀传统文化创造性转化和创新性发展，着力推动文化事业和文化产业繁荣发展，着力加强国际传播能力建设、促进文明交流互鉴，充分激发全民族文化创新创造活力。

"七个着力"，充分彰显了习近平文化思想明体达用、体用贯通的鲜明特点。明体达用、体用贯通，何为"体"、何为"用"？"体"即本体，指中华民族的民族精神、价值观念、优秀文化，亦指科学的思想理论；"用"指实践。这八个字阐明了理论指导实践的重大意义。"七个着力"既是认识论又是方法论，既有宏观层面的整体指导，又有具体层面的实践路径，具有很强的政治性、思想性、指导性，为今后一个时期的宣传思想文化工作指明了前进方向、提供了科学指南。牢牢把握"七个着力"的要求，对于书写新时代宣传思想文化事业新篇章具有重要意义。

要站在政治和全局的高度深化认识。习近平总书记深刻指出，宣

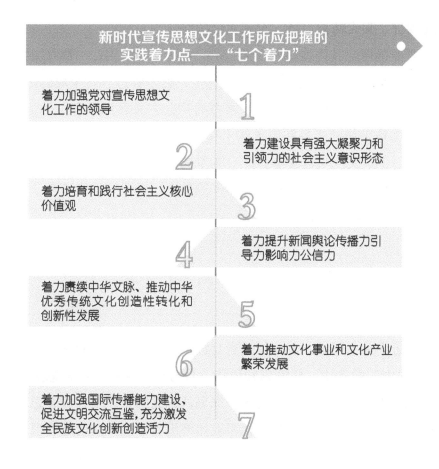

新时代宣传思想文化工作所应把握的
实践着力点——"七个着力"

1 着力加强党对宣传思想文化工作的领导

2 着力建设具有强大凝聚力和引领力的社会主义意识形态

3 着力培育和践行社会主义核心价值观

4 着力提升新闻舆论传播力引导力影响力公信力

5 着力赓续中华文脉、推动中华优秀传统文化创造性转化和创新性发展

6 着力推动文化事业和文化产业繁荣发展

7 着力加强国际传播能力建设、促进文明交流互鉴,充分激发全民族文化创新创造活力

传思想文化工作面临新形势新任务,必须要有新气象新作为。"七个着力"即为"新气象新作为"的题中应有之义。如今,世界百年未有之大变局加速演进,中华民族伟大复兴进入关键时期,战略机遇和风险挑战并存。越是关键时期,越需要思想引领、力量汇聚;越是奋勇前行,越需要文明支撑、精神激励。我们要进一步提高政治站位,深入学习领会当前宣传思想文化工作面临的新形势新任务,深刻认识到"七个着力"着眼于强国建设、民族复兴战略全局,根本目的在于充分激发全民族文化创新创造活力,不断巩固全党全国各族人民团结奋斗的共同思想基础,不断提升国家文化软实力和中华文化影响力,为全面建设社会主义现代化国家、全面推进中华民族伟大复兴提供坚强

思想保证、强大精神力量、有利文化条件。

要准确理解其内在逻辑关系。在"七个着力"中，"着力加强党对宣传思想文化工作的领导"排在首位，处于管总、管全局的地位。"着力建设具有强大凝聚力和引领力的社会主义意识形态"等五条，对国内文化工作的任务和要求作出具体部署。"着力加强国际传播能力建设、促进文明交流互鉴，充分激发全民族文化创新创造活力"则指向文化传播力、文明影响力，体现的是胸怀天下的价值追求、创造人类文明新形态的宏伟抱负。

五、加强党对宣传思想文化工作的领导

习近平总书记把"着力加强党对宣传思想文化工作的领导"放在"七个着力"的首位。要深刻领悟将"着力加强党对宣传思想文化工作的领导"排在首位的深邃意蕴，深刻认识党的领导是宣传思想文化工作的生命线，是宣传思想文化事业始终沿着正确方向前进的根本政治保证，坚定不移把政治方向摆在第一位，让党的旗帜在宣传思想文化战线高高飘扬。为此，必须提升党的政治领导力、思想引领力、群众组织力、社会号召力。

提升党的政治领导力。党的领导是做好一切工作的最根本政治保

加强党对宣传思想文化工作的领导

1 提升党的政治领导力　　2 提升党的思想引领力　　3 提升党的群众组织力　　4 提升党的社会号召力

证，更是宣传思想文化工作的生命线。作为党的事业的重要组成部分，宣传思想文化工作必须坚持党的领导，必须把政治方向摆在第一位。政治领导力是我们党把握政治方向、谋划发展大局、制定方针政策、促进改革创新的政治引领力，是解决方向性、原则性、根本性问题的能力。为此，必须坚决维护党中央权威和集中统一领导，加强党对宣传思想文化工作的全面领导，坚持党性和人民性相统一。

提升党的思想引领力。思想引领力是我们党推进理论创新，用党的创新理论武装全党、教育人民的能力，是党的生命力和战斗力的重要基础。为此，我们要在坚持"两个结合"中不断推进党的理论创新，用党的创新理论武装全党。宣传思想文化工作要"聚焦用党的创新理论武装全党、教育人民这个首要政治任务"，围绕在新的历史起点上继续推动文化繁荣、建设文化强国、建设中华民族现代文明这一新的文化使命，坚定文化自信，秉持开放包容，坚持守正创新，不断巩固全党全国各族人民团结奋斗的共同思想基础，不断提升国家文化软实力和中华文化影响力，为全面建设社会主义现代化国家、全面推进中华民族伟大复兴提供坚强思想保证、强大精神力量、有利文化条件。

提升党的群众组织力。党的群众组织力，是我们党依靠、发动、组织和教育群众进行伟大社会实践的能力，是我们党坚如磐石、坚不可摧的不竭源泉。做好宣传思想文化工作，必须坚持马克思主义唯物史观，坚持走群众路线，扎根基层，识民情、知民意、汇民智，从人民群众伟大实践中汲取智慧和力量；了解群众所思所想所盼，在增强获得感、幸福感、安全感中增进群众的信任度，从而听党话、跟党走；通过宣传教育、组织引导，把人民群众团结在各级党组织周围，形成砥砺前行的磅礴力量。

提升党的社会号召力。社会号召力是我们党发挥自身影响力、动员力、引导力和凝聚力，将各种社会力量团结起来共同奋斗的能力。

做好宣传思想文化工作要围绕中心，胸怀大局、把握大势、着眼大事，找准工作切入点和着力点，做到因势而谋、应势而动、顺势而为。以目标愿景汇聚力量，以辉煌成就激励民众，以实干精神鼓舞斗志；求真务实，脚踏实地，提高新闻舆论传播力、引导力、影响力、公信力；讲好中国故事、传播好中国声音，联接中外、沟通世界，推动内宣外宣一体发展，奏响交响乐、大合唱。

六、建设具有强大凝聚力和引领力的社会主义意识形态

意识形态工作是为国家立心、为民族立魂的极为重要的工作。社会主义意识形态关系举什么旗、走什么路，关系以什么样的精神状态实现奋斗目标。只有固本培元、凝魂聚力，不断增强社会主义意识形态凝聚力和引领力，才能巩固马克思主义在意识形态领域的指导地位，巩固全党全国人民团结奋斗的共同思想基础。随着我国经济社会

建设具有强大凝聚力和引领力的社会主义意识形态

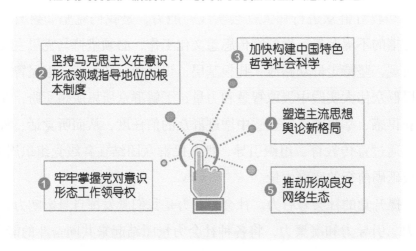

的深刻变革和利益格局的深刻调整，社会思想观念日益复杂多元，引领思想发展、凝聚思想共识的任务更加艰巨。社会主义意识形态的凝聚力和引领力来自马克思主义的科学性、真理性、人民性、实践性、开放性、时代性，来自马克思主义中国化时代化最新成果对实践展现出的强大的解释力和指导力。坚持马克思主义在意识形态领域指导地位的制度是中国特色社会主义制度体系的一项根本制度。

牢牢掌握党对意识形态工作领导权，全面落实意识形态工作责任制，要坚持党管宣传、党管阵地、党管舆论、党管媒体，做到守土有责、守土负责、守土尽责，不断创新意识形态工作方式方法，将主流意识形态中的政治话语、理论话语、学术话语转化为人民群众喜闻乐见的生活话语，切实增强意识形态工作的针对性和实效性，为改革发展稳定明确思想引领、汇聚强大力量、凝聚广泛共识，巩固壮大奋进新时代的主流思想舆论。

要深入实施马克思主义理论研究和建设工程，培育壮大哲学社会科学人才队伍，加快构建中国特色哲学社会科学学科体系、学术体系、话语体系，从理论和实践层面总结概括中国道路、中国经验、中国方案蕴含的世界观和方法论，探究全面建设社会主义现代化国家、实现中华民族伟大复兴的规律性和独特性，建设具有中国特色、中国风格、中国气派的哲学社会科学理论体系，为巩固马克思主义在意识形态领域的指导地位提供学理支撑。

七、培育和践行社会主义核心价值观

核心价值观是一个民族赖以维系的精神纽带，是一个国家的文化软实力和共同的道德基础。着力培育和践行社会主义核心价值观，把坚持社会主义价值体系纳入新时代坚持和发展中国特色社会主义的基本方略，是新时代党领导文化建设实践经验的理论总结，是做好宣传思想文化工作的重要遵循之一。

富强、民主、文明、和谐，自由、平等、公正、法治，爱国、敬业、诚信、友善的社会主义核心价值观，是中国特色社会主义的价值表达，是党的理论创新成果的重要内容，是当代中国精神的集中体现，是全体人民共同的价值追求，是凝聚人心、汇聚民力的强大力量。社会主义核心价值观源于中国独特的文化传统、独特的历史命运、独特的基本国情，是根植于中华文化沃土又具有当代中国特色的价值观。伟大斗争需要众志成城，伟大工程需要坚定一致，伟大事业需要聚力推进，伟大梦想需要同心共筑，全面推进社会主义现代化建设必须把培育和践行社会主义核心价值观作为凝魂聚气、强基固本的基础工程，不断夯实中国特色社会主义的思想道德基础。

要坚持以社会主义核心价值观引领文化建设，推动核心价值观融入思想道德教育、文化知识教育、社会实践教育各环节，贯穿启蒙教育、基础教育、职业教育、高等教育各领域，体现到教材教学、校风

 权威声音

习近平（中共中央总书记、国家主席、中央军委主席）：核心价值观是文化软实力的灵魂、文化软实力建设的重点。这是决定文化性质和方向的最深层次要素。一个国家的文化软实力，从根本上说，取决于其核心价值观的生命力、凝聚力、感召力。培育和弘扬核心价值观，有效整合社会意识，是社会系统得以正常运转、社会秩序得以有效维护的重要途径，也是国家治理体系和治理能力的重要方面。历史和现实都表明，构建具有强大感召力的核心价值观，关系社会和谐稳定，关系国家长治久安。

学风建设之中，体现到高校思想政治工作全过程。强化教育引导、实践养成、制度保障，把社会主义核心价值观融入法治建设、融入社会发展、融入日常生活。推动广大文化工作者身体力行践行社会主义核心价值观，坚持以人民为中心的创作导向，高扬爱国主义主旋律，唱响时代正气歌。不断深化未成年人思想道德建设，坚持从娃娃抓起，教育引导广大青少年树立远大志向、培育美好心灵，扣好人生第一粒扣子，筑牢思想之基、价值观之基。

突出思想内涵，鲜明价值导向，把广泛践行社会主义核心价值观作为文明城市、文明村镇、文明单位、文明家庭、文明校园创建的根本任务。统筹推动文明培育、文明实践、文明创建，推进城乡精神文明建设融合发展，在全社会弘扬劳动精神、奋斗精神、奉献精神、创造精神、勤俭节约精神，培育时代新风新貌。实施公民道德建设工程，弘扬中华传统美德，加强家庭家教家风建设，加强和改进未成年人思想道德建设，推动明大德、守公德、严私德，提高人民道德水准和文明素养。坚持道德认知与道德实践相结合、道德教育与法治保障相统一，发挥各类阵地道德教育作用，抓好重点群体的教育引导，扎实推进社会公德、职业道德、家庭美德、个人品德建设，激发人们形成善良的道德意愿、道德情感，培育正确的道德判断和道德责任。

培育和践行社会主义核心价值观的重点工作

一要着力培养担当民族复兴大任的时代新人

二要以坚定的理想信念筑牢精神之基

三要加强思想政治工作

四要把社会主义核心价值观融入法治建设、融入社会发展、融入日常生活

八、推动文化事业和文化产业繁荣发展

着力推动文化事业和文化产业繁荣发展，是做好新时代宣传思想文化工作的重要遵循之一。坚持社会主义先进文化前进方向，坚持更好满足人民日益增长的精神文化生活需要，坚持以人民为中心的创作导向，坚持把社会效益放在首位、社会效益和经济效益相统一，守正创新、固本培元，高擎思想旗帜，高扬主流价值，丰富高品质文化供给，提供高效能文化服务，推出更多增强人民精神力量的优秀作品，培育造就大批德艺双馨的文学艺术家和规模宏大的文化文艺人才队伍，不断丰富人民精神世界、增强人民精神力量。全面繁荣新闻出版、广播影视、文学艺术、哲学社会科学事业，探索构建有中国特色的文化产品创作、生产、传播、评价机制，用刚健厚重先进质朴的文化滋养民族气质、引领社会风尚，把公共文化服务提高到新水平，为人民群众奉献更多健康营养的精神食粮，着力增强人民群众文化获得感、幸福感，促进人的全面发展。将发展文艺事业放在突出位置，实施文艺作品质量提升工程，加强现实题材创作生产，不断推出讴歌

繁荣发展文化事业和文化产业

坚持以人民为中心的创作导向

坚持把社会效益放在首位、社会效益和经济效益相统一

党、讴歌祖国、讴歌人民、讴歌英雄的精品力作。推进城乡公共文化服务体系一体建设，促进城乡文化协调发展共同繁荣，创新实施文化惠民工程，广泛开展群众性文化活动，推动公共文化数字化建设。

大力推动文化领域供给侧结构性改革，深化文化体制改革，健全现代文化产业体系和市场体系，实施重大文化产业项目带动战略，完善文化产业规划和政策，推动各类文化市场主体发展壮大，培育新型文化业态和文化消费模式，不断扩大优质文化产品供给，增强文化整体实力和竞争力，推动文化产业高质量发展。顺应数字产业化和产业数字化发展趋势，实施文化产业数字化战略，加快发展新型文化企业、文化业态、文化消费模式，改造提升传统文化业态，推动文化产业全面转型升级，提高质量效益和核心竞争力。推动文化和旅游深度融合发展，建设一批富有文化底蕴的世界级旅游景区和度假区，打造一批文化特色鲜明的国家级旅游休闲城市，让人们在领略自然之美中感悟文化之美、陶冶心灵之美。

传承和弘扬中华优秀传统文化，认真汲取其中的思想精华和道德精髓。加强文物古籍保护、研究、利用，加强城乡建设中历史文化保护传承，强化重要文化和自然遗产、非物质文化遗产系统性保护，加强各民族优秀传统手工艺保护和传承，推动中华文化展现永久魅力、焕发时代风采。重点做好创造性转化和创新性发展。创造性转化，就是要按照时代特点和要求，对那些至今仍有借鉴价值的内涵和陈旧的表现形式加以改造，赋予其新的时代内涵和现代表达形式，激活其生命力；创新性发展，就是要按照时代的新进步新进展，对中华优秀传统文化的内涵加以补充、拓展、完善，增强其影响力和感召力。

九、增强中华文明传播力影响力

秉持开放包容、互学互鉴的理念，坚守中华文化立场，提炼展示中华文明的精神标识和文化精髓，加快构建中国话语和中国叙事体系，以更自信的心态、更宽广的胸怀，广泛参与世界文明对话，深入开展同各国文化交流合作，促进对彼此文化文明的理解、欣赏和借鉴，让各国人民更好了解中国，让中国人民更好了解世界。当前，着力加强国际传播能力建设、促进文明交流互鉴，是做好新时代宣传思想文化工作的重要遵循之一。

以讲好中国故事、传播好中国声音为着力点，整合各类资源，推动内宣外宣一体发展，推动反映当代中国发展进步的价值理念、文艺精品、文化成果走向海外。努力进入主流市场、影响主流人群，展现真实、立体、全面的中国，阐释具有中国特色、体现中国精神、蕴藏中国智慧的优秀文化，增进理解、扩大认同，把中国故事讲得越来越精彩，让中国声音越来越洪亮，展现可信、可爱、可敬的中国形象，推动中华文化更好走向世界。

加强国际传播能力建设，全面提升国际传播效能，形成同我国综合国力和国际地位相匹配的国际话语权。完善国际传播工作格局，坚持贴近中国实际、贴近国际关切、贴近国外受众，加强对外话语体系建设，创新对外话语表达方式，打造融通中外的新概念新范畴新表述，增强文化传播亲和力，让世界更好听清中国、读懂中国，提升中国话语的国际影响力。

第九讲

增进民生福祉

一 完善收入分配制度

二 实施就业优先战略

三 健全社会保障体系

四 推进健康中国建设

五 推动社会治理现代化

党的十八大以来，以习近平同志为核心的党中央坚持以人民为中心的发展思想，顺应人民群众对美好生活的向往，落实以民为本、以人为本的执政理念，把增进人民福祉、促进人的全面发展作为一切工作的出发点和落脚点，不断实现好、维护好、发展好最广大人民根本利益和发展为了人民、发展依靠人民、发展成果由人民共享，推动了中国特色社会主义社会建设的理论创新、实践创新、制度创新。

一、完善收入分配制度

收入分配制度是经济社会发展中带有根本性、基础性的制度安排，是社会主义市场经济体制的重要基石。收入分配是实现共同富裕、保障和改善民生、实现发展成果由人民共享的最重要最直接的方式。

我国实行公有制为主体、多种所有制经济共同发展的所有制制度，决定了我国必然实行按劳分配为主体、多种分配方式并存的分配制度。要完善按要素分配政策制度，探索多种渠道增加中低收入群众要素收入，多渠道增加城乡居民财产性收入。保护各种经济主体依法平等使用生产要素、公平参与市场竞争，形成主要由市场决定生产要素价格的机制。健全劳动、资本、土地、知识、技术、管理等生产要素由市场评价贡献、按贡献决定报酬的机制，支持新阶段推动经济发展的新生产要素如知识、数据等的掌握和使用者按贡献取得相应报酬，促进经济发展新动能不断壮大。

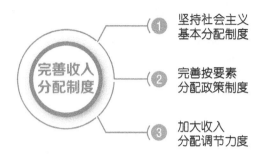

市场经济条件下的收入分配可分为三次分配。要坚持按劳分配为主体、多种分配方式并存，构建初次分配、再分配、第三次分配协调配套的制度体系。初次分配是由市场按照贡献和效益进行分配；再分配是指政府通过税收、社会保障、转移支付等方式对国民收入在初次分配之后进行第二次分配；第三次分配是指通过自愿捐赠等公益慈善

 **深阅读**

　　规范收入分配秩序。这是消除分配不公、防止两极分化的重要措施。第一，保护合法收入。要保护劳动和要素收入，保护居民财产，保护产权和知识产权，保护并调动企业家积极性。第二，调节过高收入。要加强反垄断和反不正当竞争，规范资本性所得管理，规范财富积累机制，通过个人所得税、消费税、财产税等加强对高收入的调节。清理规范不合理收入，治理分配乱象，合理缩小行业收入分配差距。第三，取缔非法收入。坚决遏制权钱交易，坚决打击内幕交易、操纵股市、财务造假、偷税漏税等获取非法收入行为。

　　（摘编自《构建初次分配、再分配、第三次分配协调配套的制度体系》，《人民日报》2022年12月29日，作者：宁吉喆）

事业的方式进行社会救济和社会互助。收入分配要兼顾效率和公平，更加注重初次分配的效率，创造机会公平的竞争环境，维护劳动收入的主体地位，努力提高居民收入在国民收入分配中的比重，提高劳动报酬在初次分配中的比重。再分配更加注重公平，提高公共资源配置效率，调节初次分配形成的收入和财富过大差距，要加大再分配调节力度，规范收入分配秩序，规范财富积累机制，促进社会公平正义和共同富裕。深入研究慈善捐赠对于缩小贫富差距、强化第三次分配的重要作用。第三次分配是对初次分配、再分配的有益补充。引导、支持有意愿能力的企业、社会组织和个人积极参与公益慈善事业。

健全以财政税收、社会保障、转移支付等为主要手段的再分配调节机制，强化税收调节，充分发挥税收制度"提低、扩中、调高"的功能，完善直接税制度并逐步提高其比重。同时，要加大慈善文化宣传力度，积极发展慈善事业，鼓励和引导社会力量通过民间捐赠、慈善事业、志愿行动等方式济困扶弱，在全社会形成乐善好施、互助友爱的良好风气和勤劳工作、回报社会的捐赠意识。

二、实施就业优先战略

就业是最基本的民生。要强化就业优先政策，健全就业促进机制，促进高质量充分就业。

坚持实施以稳定和扩大就业为基准的宏观调控，坚持经济发展的就业导向，把就业优先战略与稳增长、促改革、调结构、惠民生结合起来，让就业优先战略与宏观经济政策协调配合，扩大就业容量，提升就业质量，促进充分就业，切实把就业指标作为宏观调控取向调整的依据，推动实现更充分更高质量就业。

健全就业公共服务体系，完善重点群体就业支持体系，加强困难

习近平（中共中央总书记、国家主席、中央军委主席）：就业是民生之本。要提高经济增长的就业带动力，不断促进就业量的扩大和质的提升。要支持中小微企业发展，发挥其就业主渠道作用。要吸取一些西方国家经济"脱实向虚"的教训，不断壮大实体经济，创造更多高质量就业岗位。要加大人力资本投入，提升教育质量，加强职业教育和技能培训，提高劳动者素质，更好适应高质量发展需要，切实防范规模性失业风险。

群体就业兜底帮扶。统筹城乡就业政策体系，破除妨碍劳动力、人才流动的体制和政策弊端，消除影响平等就业的不合理限制和就业歧视，使人人都有通过勤奋劳动实现自身发展的机会。充分发挥劳动力市场机制的调节作用，建设劳动者自主择业、市场充分调节、政府有效促进的规范统一、灵活高效的人力资源市场，缓解结构性就业矛盾，健全就业需求调查和失业预警监测机制，推进劳动就业领域信息化建设。

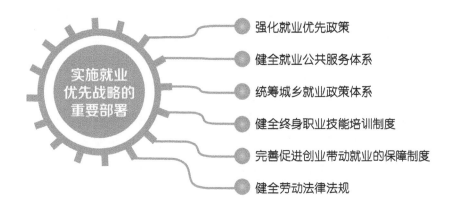

加快提升劳动者技能素质，以提升劳动者能力水平为核心，健全面向全体劳动者的职业培训制度，健全职业培训体系，紧贴社会、产业、企业、个人发展需求，加快推进高技能人才培养。健全终身职业技能培训制度，推动解决结构性就业矛盾。完善促进创业带动就业的保障制度，支持和规范发展新就业形态。健全劳动法律法规，完善劳动关系协商协调机制，完善劳动者权益保障制度，加强灵活就业和新就业形态劳动者权益保障。建立覆盖城乡的就业组织体系、公共创业服务体系，健全劳动保障监察和劳动争议调解仲裁体系，完善国家劳动标准体系，加强劳动保护，保障劳动者合理待遇和合法权益，健全劳动关系诉求表达机制、矛盾调处机制和权益保障机制，不断健全面向城乡劳动者的用工管理和社会保障制度，努力提高公共就业服务的水平，增强劳动关系服务和调节能力，建立规范有序、公正合理、互利共赢、和谐稳定的劳动关系。

三、健全社会保障体系

社会保障体系是人民生活的安全网和社会运行的稳定器。

坚持系统观念，坚持全覆盖、保基本、多层次、可持续的基本方针，找准社会保障各个方面的职能定位，理顺相互之间关系，充分整合社会资源，打破信息壁垒，从增强公平性、适应流动性、保证可持续性出发，全面推进社会保障体系建设，大力推进我国社会保障制度改革系统集成。完善基本养老保险全国统筹制度，发展多层次、多支柱养老保险体系。扩大社会保险覆盖面，健全基本养老、基本医疗保险筹资和待遇调整机制，推动基本医疗保险、失业保险、工伤保险省级统筹。加快完善全国统一的社会保险公共服务平台，健全分层分类的社会救助体系。统筹推进与社会保障制度建设关系密切的财税体

制、收入分配、户籍管理、公共政策等方面的改革，增强社会保障制度对经济社会发展的适应性和制度本身的公平性。

坚持应保尽保原则，按照兜底线、织密网、建机制的要求，健全覆盖全民、统筹城乡、公平统一、安全规范、可持续的多层次社会保障体系，增强社会保障待遇和服务的公平性可及性。覆盖全民，就是要不断扩大社会保障覆盖面，基本实现法定人员全覆盖；统筹城乡，就是要统筹推进城乡居民社会保障体系建设，合理缩小社会保障领域的城乡差异；公平统一，就是要统一社会保障制度，努力实现全体社会成员权利公平、机会公平、规则公平；安全规范，就是要统筹发展和安全，加强社会保障基金规范管理，守住社会保障基金安全底线；可持续，就是要确保各项社会保险基金收支平衡，制度长期稳定运行。

四、推进健康中国建设

人民健康是民族昌盛和国家强盛的重要标志。把保障人民健康放在优先发展的战略位置，完善人民健康促进政策。加快推进健康中国建设，以人民健康为中心，把保障人民健康融入经济社会发展各项政策，在完善疾病预防控制体系、提升医疗救治能力、提高人民群众

推进健康中国建设

完善人民健康　　优化人口发展战略　　深化医药卫生　　深入开展健康
促进政策　　　　　　　　　　　　　体制改革　　　中国行动和爱国
　　　　　　　　　　　　　　　　　　　　　　　　　卫生运动

健康水平等方面持续努力，倡导健康文明生活方式，大力普及健康知识，加强公共卫生常识的宣传教育，推动形成有利于健康的生活方式、生产方式和制度体系，实现人民健康与经济社会协调发展。

优化人口发展战略。建立生育支持政策体系，降低生育、养育、教育成本。实施积极应对人口老龄化国家战略，发展养老事业和养老产业，优化孤寡老人服务，推动实现全体老年人享有基本养老服务。

深化医药卫生体制改革，促进医保、医疗、医药协同发展和治理。促进优质医疗资源扩容和区域均衡布局，坚持预防为主，加强重大慢性病健康管理，提高基层防病治病和健康管理能力。深化以公益性为导向的公立医院改革，规范民营医院发展。发展壮大医疗卫生队伍，把工作重点放在农村和社区。重视心理健康和精神卫生。促进中医药传承创新发展。创新医防协同、医防融合机制，健全公共卫生体系，提高重大疫情早发现能力，加强重大疫情防控救治体系和应急能力建设，有效遏制重大传染性疾病传播。深入开展健康中国行动和爱国卫生运动，倡导文明健康生活方式。

五、推动社会治理现代化

社会治理是国家治理的重要领域，社会治理现代化是国家治理体系和治理能力现代化的题中应有之义。健全共建共治共享的社会治理制度，提升社会治理效能。完善党委领导、政府负责、民主协商、社会协同、公众参与、法治保障的社会治理体制；完善各司其职、各负其责、相互配合、齐抓共管的社会治理协同监管机制；针对城市和乡村的不同特点与实际情况，坚持源头治理、系统治理、依法治理、综合治理；完善依法有效预防和化解社会风险的体制机制，使社会治理成效更多、更公平地惠及全体人民。

完善基层治理体系。树立强基固本思想，坚持和发展新时代"枫桥经验"，牢牢抓住基层基础这一本源，最大限度把矛盾风险防范化解在基层，实现小事不出村、大事不出镇、矛盾不上交。坚持重心下移、力量下沉、资源下投，加强基层社会治理队伍建设，培育基层党组织带头人，加强对城乡社区工作者和网格管理员队伍的教育培训、规范管理、职业保障、表彰奖励，有效激发工作积极性，构建网格化管理、精细化服务、信息化支撑、开放共享的基层治理服务平台，建

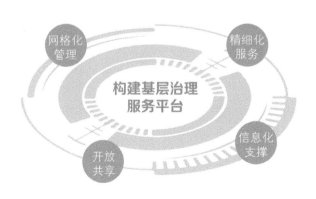

立健全富有活力和效率的新型基层治理体系，善于运用法治、民主、协商的办法处理人民内部矛盾，促进社会既充满活力又和谐有序。

优化和创新社会组织管理机制。建立政社分开、权责明确、依法自治的社会组织制度，激发社会组织在参与社会事务、维护公共利益等方面的活力，扶持发展城乡基层生活服务类、公益慈善类、专业调处类、治保维稳类等社会组织，发挥它们在社会治理中的重要作用，发挥市民公约、乡规民约、行业规章、团体章程等社会规范在社会治理中的积极作用。

加强社会治理制度建设，全面提升社会治理法治化水平，推进社会治理制度化、规范化、程序化，依靠法治维护社会秩序、解决社会问题、协调利益关系、推动社会事业发展。发展壮大群防群治力量，营造见义勇为的社会氛围，建设人人有责、人人尽责、人人享有的社会治理共同体。正确处理好维稳与维权、活力与秩序的关系，充分调动一切积极因素，确保社会既充满活力又保持安定有序。

第十讲

促进人与自然和谐共生

党的十八大以来，以习近平同志为核心的党中央从中华民族永续发展的高度出发，深刻把握生态文明建设在新时代中国特色社会主义事业中的重要地位和战略意义，创造性提出一系列富有中国特色、体现时代精神、引领人类文明发展进步的新理念新思想新战略，形成了习近平生态文明思想，为新时代我国生态文明建设提供了根本遵循和行动指南。

>>> 习近平生态文明思想的科学内涵："十个坚持" <<<

坚持党对生态文明建设的全面领导	坚持生态兴则文明兴	坚持人与自然和谐共生	坚持绿水青山就是金山银山	坚持良好生态环境是最普惠的民生福祉
坚持绿色发展是发展观的深刻革命	坚持统筹山水林田湖草沙系统治理	坚持用最严格制度最严密法治保护生态环境	坚持把建设美丽中国转化为全体人民自觉行动	坚持共谋全球生态文明建设之路

一、绿水青山就是金山银山

习近平总书记指出："自然是生命之母，人与自然是生命共同体，人类必须敬畏自然、尊重自然、顺应自然、保护自然。"人与自然的关系是人类社会最基本的关系，保护自然就是保护人类，建设生态文明就是造福人类。大自然是人类赖以生存发展的基本条件。习近平总书记指出："要像保护眼睛一样保护生态环境，像对待生命一样对待生态环境。"尊重自然、顺应自然、保护自然，是全面建设社会主义现代化国家的内在要求。

生态环境是关系党的使命宗旨的重大政治问题，也是关系民生的重大社会问题。坚持人与自然和谐共生，已成为我国生态文明建设的基本原则，也是新时代坚持和发展中国特色社会主义基本方略的重要组成部分。

绿水青山就是金山银山的理念是习近平生态文明思想的重要内容，它深刻揭示了经济社会发展与生态环境保护的辩证统一关系，实现了对马克思主义生产力理论的丰富与发展，具有重大的思想价值和现实意义。习近平总书记指出："我们既要绿水青山，也要金山银山。宁要绿水青山，不要金山银山，而且绿水青山就是金山银山。"这是重要的发展理念，也是推进现代化建设的重大原则。绿水青山就是金

绿水青山就是金山银山的理念

01 阐述了
经济发展和生态环境保护的关系

02 揭示了
保护生态环境就是保护生产力、改善生态环境就是发展生产力的道理

03 指明了
实现发展和保护协同共生的新路径

山银山，揭示了保护生态环境就是保护生产力、改善生态环境就是发展生产力的道理，指明了实现发展和保护协同共生的新路径。绿水青山既是自然财富、生态财富，又是社会财富、经济财富。保护生态环境就是保护生产力，改善生态环境就是发展生产力，生态环境保护和经济发展不是矛盾对立的关系，而是辩证统一的关系。在生态环境保护上，要算大账、算长远账、算整体账、算综合账，良好生态本身蕴含着无穷的经济价值，能够源源不断创造综合效益，实现经济社会可持续发展。

良好生态环境是最公平的公共产品，是最普惠的民生福祉。生态环境没有替代品，用之不觉，失之难存。必须坚持节约优先、保护优先、自然恢复为主的方针，坚定不移走生产发展、生活富裕、生态良好的文明发展道路，建设人与自然和谐共生的现代化。发展不应是对资源和生态环境的竭泽而渔，生态环境保护也不应是舍弃经济发展的缘木求鱼，而是要坚持在发展中保护、在保护中发展。积极探索推广绿水青山转化为金山银山的路径，利用自然优势发展特色产业，协同推进经济高质量发展和生态环境高水平保护，努力实现经济效益、环境效益、社会效益多赢。完善生态保护补偿制度，建立生态产品价值实现机制，让良好生态环境成为人民生活的增长点、成为经济社会持续健康发展的支撑点，让青山常在，绿水长流。

二、推动绿色低碳发展

推动经济社会发展绿色化、低碳化是实现高质量发展的关键环节。

加快形成绿色发展方式。完善支持绿色发展的财税、金融、投资、价格政策和标准体系，发展绿色低碳产业，健全资源环境要素市场化配置体系。贯彻绿色发展理念，加快推动产业结构、能源结构、交通运输结构等调整优化，优化国土空间开发布局，加快划定并严守生态保护红线、环境质量底线、资源利用上线三条红线。实施全面节约战略，推进各类资源节约集约利用，加快构建废弃物循环利用体系，持续推进资源循环利用，健全资源环境要素市场化配置体系，培育壮大节能环保产业、清洁生产产业、清洁能源产业。推进生产系统和生活系统循环链接，把经济活动、人的行为限制在自然资源和生态环境能够承受的限度内，给自然生态留下休养生息的时间和空间，从根本上解决生态环境问题。坚决摒弃损害甚至破坏生态环境的增长模式，坚决杜绝吃祖宗饭砸子孙碗的发展行为，加快形成节约资源和保护环境的空间格局、产业结构、生产方式。

加快形成绿色生活方式。开展全民绿色行动，在全社会牢固树立生态文明理念，增强全民节约意识、环保意识、生态意识，完善绿色产品推广机制，扩大低碳绿色产品供给，开展创建节约型机关和绿色家庭、绿色学校、绿色社区等活动，通过生活方式绿色革命，倒逼生产方式绿色转型，把建设美丽中国转化为全体人民自觉行动，让天蓝地绿水清深入人心，引导人们在追求生活方便舒适的同时养成简约适度、绿色低碳的文明风尚和行为习惯，共同建设人与自然和谐共生的现代化。

深入打好污染防治攻坚战。坚持精准、科学、依法治污，持续提升生态系统质量，强化生态保护监管，严密防控环境风险，保障生态环境安全。强化对环境问题成因机理及时空和内在演变规律研究，组织开展生态环境领域科技攻关和技术创新，综合运用行政、市场、法治、科技等多种手段，因地制宜、科学施策，提高污染治理的针对性、科学性、有效性，提升生态环境监管执法效能。建立完善现代化生态环境监测体系，开展污染防治攻坚战成效考核，进一步强化考核结果运用，继续开展农村环境综合整治，建设美丽宜居乡村。以蓝天、碧水、净土保卫战为主攻方向，继续打好一批标志性战役，力争在重点区域、重要领域、关键指标上实现新突破。以细颗粒物和臭氧协同控制为主线，进一步提升空气环境质量；统筹水环境治理、水生态保护、水资源利用，增强水生态系统服务功能；持续实施土壤污染防治行动，有效管控土壤污染环境风险。

实现碳达峰碳中和是一场广泛而深刻的经济社会系统性变革。需要立足我国能源资源禀赋，有计划分步骤实施碳达峰行动。

坚持降碳、减污、扩绿、增长协同推进，坚持全国统筹、节约优先、双轮驱动、内外畅通、防范风险的原则，明确责任主体、工作任务、完成时间，立足我国能源资源禀赋，加强政策衔接，坚持先立后破、通盘谋划，科学把握、稳妥有序推进碳减排碳达峰工作，在降碳的同时确保能源安全、产业链供应链安全、粮食安全，确保群众正常生活。

建立低碳发展经济体系，加快推动绿色发展，推动能源革命，调整能源结构。完善能源消耗总量和强度调控，重点控制化石能源消费，逐步转向碳排放总量和强度"双控"制度。推动能源清洁低碳高

积极稳妥推进碳达峰碳中和

必须坚持全国统筹、节约优先、双轮驱动、内外畅通、防范风险的原则，更好发挥我国制度优势、资源条件、技术潜力、市场活力，加快形成节约资源和保护环境的产业结构、生产方式、生活方式、空间格局

1 加强统筹协调	2 推动能源革命
3 推进产业优化升级	4 加快绿色低碳科技革命
5 完善绿色低碳政策体系	6 积极参与和引领全球气候治理

效利用，推进工业、建筑、交通等领域清洁低碳转型，控制化石能源消费，有序减量替代。大力推进煤炭清洁高效利用，大力推动煤电节能降碳改造、灵活性改造、供热改造"三改联动"，加大油气资源勘探开发和增储上产力度，加快规划建设新型能源体系，统筹水电开发和生态保护，积极安全有序发展核电，加强能源产供储销体系建设，确保能源安全。坚决遏制高耗能、高排放、低水平项目盲目发展，推进重点行业绿色化改造，大力推动钢铁、有色、石化、化工、建材等传统产业优化升级，加大货物运输结构调整力度，壮大节能环保等产业，支持有条件的地方和重点行业、重点企业率先达峰。

把促进新能源和清洁能源发展放在更加突出的位置，积极有序发展光能源、硅能源、氢能源、可再生能源，加快发展有规模有效益的风能、太阳能、生物质能、地热能、海洋能、氢能等新能源，统筹水电开发和生态保护，积极安全有序发展核电，推动能源技术与现代信息、新材料和先进制造技术深度融合，探索能源生产和消费新模式。

完善绿色低碳政策体系，优化财税、价格、投资、金融政策。完善碳排放统计核算制度，健全碳排放权市场交易制度，健全碳达峰碳中和标准，构建统一规范的碳排放统计核算体系，完善碳定价机制。秉持人类命运共同体理念应对气候变化全球治理，以更加积极姿态参与全球气候谈判议程和国际规则制定，推动构建公平合理、合作共赢的全球气候治理体系。

三、持续深入打好蓝天、碧水、净土保卫战

大气、水、土壤等要素之间相互影响、相互制约，构成人类赖以生存和发展的自然环境。大气污染、水污染、土壤污染系人类活动或自然过程排放的污染物所致，会对人类的生产生活造成不良影响，甚

至危及生命安全。蓝天、碧水、净土都是民之所愿、民之所盼、民之所望,亦当为施政所向。党的十八大以来,党中央、国务院高度重视生态环境保护工作,坚决向环境污染宣战,将三大保卫战作为污染防治的标志性战役加以部署,先后于 2013 年、2015 年和 2016 年相继出台大气、水、土壤污染防治行动计划,致力于为建设美丽中国开好局、起好步。2017 年,党的十九大将污染防治攻坚战作为决胜全面建成小康社会三大攻坚战之一,予以重点部署。2018 年 6 月公布的《中共中央 国务院关于全面加强生态环境保护 坚决打好污染防治攻坚战的意见》提出,坚决打赢蓝天保卫战,着力打好碧水保卫战,扎实推进净土保卫战。"十三五"期间,经过各地区各部门共同努力、不懈奋斗,9 项生态环境约束性指标和污染防治攻坚战的阶段性目标全面超额完成,环境污染治理取得显著成效。目前,我国空气质量改善速度居世界首位,水环境质量发生转折性变化,土壤生态环境质量保持总体稳定,人民群众对优美生态环境的获得感、幸福感、安全感不断增强。

环境污染防治是一项复杂的系统工程,不可能毕其功于一役,需要付出长期艰苦的努力,必须锲而不舍、驰而不息。2021 年 11 月,《中共中央 国务院关于深入打好污染防治攻坚战的意见》提出"以更高标准打好蓝天、碧水、净土保卫战"。2022 年 10 月,习近平总书记在党的二十大报告中提出:"坚持精准治污、科学治污、依法治污,持续深入打好蓝天、碧水、净土保卫战。"从坚决打好污染防治攻坚战,到深入打好污染防治攻坚战,不仅强调污染治理方式向常态化、制度化和规范化转变,而且意味着污染防治触及的矛盾问题层次更深、领域更广。从全面建成小康社会到全面建成富强民主文明和谐美丽的社会主义现代化强国目标的展望,污染防治的标准更高、意义更深远。"精准""科学""依法"说明污染治理的思维更加系统,战术更具有针对性、可操作性,必然推动生态环境质量的根本好转。

正确认识生态文明建设所处的历史方位和发展阶段，明确生态文明建设的具体任务，是推进生态文明建设不断迈上新台阶的成功经验。"'十四五'时期，我国生态文明建设进入了以降碳为重点战略方向、推动减污降碳协同增效、促进经济社会发展全面绿色转型、实现生态环境质量改善由量变到质变的关键时期。"深入推进环境污染防治，对于解决损害人民群众生命健康的突出问题，切实提高发展的质量和效益，促进生态环境修复，坚定维护生态环境安全具有重大意义，旨在以高水平保护推动高质量发展、创造高品质生活，为推进中国式现代化厚植绿色底色。坚持持续深入打好蓝天、碧水、净土保卫战，必须保持环境污染治理的战略定力，坚持方向不变、力度不减，不断巩固拓展环境污染治理成效；必须遵循生态系统内在的机理和规律，提高污染治理的针对性、科学性、有效性；必须坚持系统观念、协同增效，注重综合治理、系统治理、源头治理，坚持多维联动、多措并举、多管齐下，全力打好三大保卫战。

四、统筹山水林田湖草沙系统治理

2013年11月，习近平总书记在《关于〈中共中央关于全面深化改革若干重大问题的决定〉的说明》中指出："我们要认识到，山水林田湖是一个生命共同体，人的命脉在田，田的命脉在水，水的命脉在山，山的命脉在土，土的命脉在树。"2017年7月，习近平总书记在谈及建立国家公园体制时说，坚持山水林田湖草是一个生命共同体。2021年3月，习近平总书记在参加十三届全国人大四次会议内蒙古代表团审议时指出，"统筹山水林田湖草沙系统治理"，系统治理的理念进一步拓展深化。

生命共同体是习近平生态文明思想的基础性范畴，是全面理解

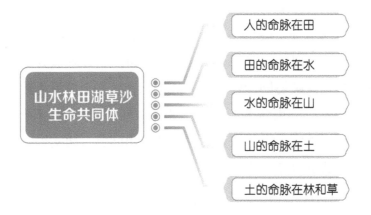

习近平生态文明思想的关键所在。以习近平同志为核心的党中央在继承和发展马克思主义自然观的基础上，汲取了中华优秀传统文化中的生态智慧，创造性地提出了"生命共同体"理念，开辟了对人与自然关系认识的新境界。在纪念马克思诞辰 200 周年大会上，习近平总书记提出："自然是生命之母，人与自然是生命共同体，人类必须敬畏自然、尊重自然、顺应自然、保护自然。"在亚太经合组织第二十八次领导人非正式会议上的讲话中，习近平主席指出："要坚持人与自然和谐共生，积极应对气候变化，促进绿色低碳转型，努力构建地球生命共同体。""生命共同体""人与自然是生命共同体""地球生命共同体"等新理念，分别从生态系统内在的机理和规律、人与自然的辩证关系、人类文明发展的历史趋势等角度阐发了人与自然之间相互依存、同存共荣的关系，揭示了促进人与自然和谐共生的客观依据。人类的实践活动只有建立在尊重自然、顺应自然、保护自然的基础之上，才能维护生态系统的顺畅循环，确保人类经济社会的可持续发展，使人类的价值诉求和生态系统的动态平衡都能得以实现。

党的十八大以来，以习近平同志为核心的党中央着眼于全人类的前途命运，从中华民族伟大复兴的战略高度把握人与自然的关系，强调建设美丽中国是建成社会主义现代化强国的目标要求之一，将促进人与自然和谐共生作为中国式现代化的本质要求之一，推动解决生态问题思维方法和工作方法的根本转变，开启了人与自然和谐共生的现代化的新征程。

目标任务决定方法策略，方法策略是实现目标任务的桥梁和手段。山水林田湖草沙是生命共同体，用途管制和生态修复必须遵循自然规律，按照生态系统的整体性、复杂性和有机性，统筹推进山水林田湖草沙一体化保护和系统治理。历史证明，"如果种树的只管种树、治水的只管治水、护田的单纯护田，很容易顾此失彼，最终造成生态的系统性破坏"。坚持生命共同体理念，强调推进生态环境保护事业的全方位、全地域、全过程展开，要把保护自然生态系统的原真性和完整性作为一项重要工作，以超越碎片化治理、末端式治理、运动式治理的局限性，进而达到全局性、根本性、长远性的治理效果。必须统筹推进生态修复、综合治理、整体保护，以国家重点生态功能区、生态保护红线、自然保护地等为重点，将治山治水治林治田治湖治草治沙结合起来，推动各种生态要素协同治理；必须建立完善跨地区跨流域协调联动机制，统筹山上山下、地上地下、陆地海洋以及流域上下游，形成全流域全区域治理的整体合力；必须健全完善全链条、全覆盖、全要素的监管体系，压紧压实各层级主体责任，筑牢安全防线；必须坚持结构调整、系统治理、协同推进，推动生产方式、生活方式、思维方式和价值理念的全面变革，着力解决深层次矛盾和结构性问题，推动生态环境质量的根本好转。

五、提升生态系统多样性、稳定性、持续性

党的二十大报告指出："以国家重点生态功能区、生态保护红线、自然保护地等为重点，加快实施重要生态系统保护和修复重大工程。

推进以国家公园为主体的自然保护地体系建设。实施生物多样性保护重大工程。科学开展大规模国土绿化行动。深化集体林权制度改革。推行草原森林河流湖泊湿地休养生息，实施好长江十年禁渔，健全耕地休耕轮作制度。建立生态产品价值实现机制，完善生态保护补偿制度。加强生物安全管理，防治外来物种侵害。"

要保护并有效恢复自然生态系统承载能力，坚持用养结合，聚焦水土脆弱、缺林少绿等突出问题，实施专项治理，合理降低开发利用强度，抓紧补齐生态系统的短板，全面提升自然生态服务功能，实现资源永续利用。做好生物多样性监测调查，健全生物多样性观测网络，综合分析生物物种的丰富程度、珍稀濒危程度、受威胁程度，及时掌握生物多样性动态变化趋势，提高生物多样性的预警水平。优化种植结构，合理确定轮作改种作物和休耕的重点品种，全面提升农业生态系统的质量和效率。加快实施重要生态系统保护和修复重大工程，科学推进荒漠化、石漠化、水土流失综合治理。开展大规模国土绿化行动，推行草原森林河流湖泊湿地休养生息，扩大环境容量生态空间，筑牢国家生态安全屏障。实施好长江"十年禁渔"，抓好精准退捕，开展全面彻底清查，保障退捕渔民生计。稳定林区农村基本经营制度，以林地流转、林业合作经济组织发展和农村公共产品供给为着力点，深化集体林权制度改革。加快完善以提升公共服务保障能力为基本取向的综合补偿制度，形成以受益者付费原则为基础的市场化、多元化生态保护补偿格局。

第十一讲

贯彻总体国家安全观

党的十八大以来，以习近平同志为核心的党中央统筹中华民族伟大复兴战略全局和世界百年未有之大变局，把马克思主义国家安全理论和当代中国安全实践、中华优秀传统战略文化结合起来，创造性提出了总体国家安全观，科学回答了如何既解决好大国发展进程中面临的共性安全问题，又处理好中华民族伟大复兴关键阶段面临的特殊安全问题这个重大时代课题，推动中国特色国家安全理论和实践实现历史性飞跃，为推进国家安全体系和能力现代化提供了根本遵循和行动指南。

一、坚持走中国特色国家安全道路

国家安全是民族复兴的根基，维护国家安全是全国各族人民根本利益所在，习近平总书记强调："我们党要巩固执政地位，要团结带领人民坚持和发展中国特色社会主义，保证国家安全是头等大事。"

中国特色社会主义进入新时代，实现中华民族伟大复兴进入关键时期，世界百年未有之大变局加速演进，我国国家安全内涵和外延比历史上任何时候都要丰富，时空领域比历史上任何时候都要宽广，内外因素比历史上任何时候都要复杂。

面对波谲云诡的国际形势、复杂敏感的周边环境、艰巨繁重的改革发展稳定任务，以习近平同志为核心的党中央加强对国家安全工作的集中统一领导，提出总体国家安全观，并把坚持总体国家安全观纳

习近平（中共中央总书记、国家主席、中央军委主席）：要坚持总体国家安全观，坚持国家利益至上，以人民安全为宗旨，以政治安全为根本，加强国家安全体系和能力建设。要把握好开放和安全的关系，织密织牢开放安全网，增强在对外开放环境中动态维护国家安全的本领。要把保护人民生命安全摆在首位，全面提高公共安全保障能力，促进人民安居乐业、社会安定有序、国家长治久安。

入坚持和发展中国特色社会主义基本方略，从全局和战略高度对国家安全作出一系列重大决策部署。

2014年4月15日，习近平总书记在中央国家安全委员会第一次会议上创造性提出总体国家安全观。2020年12月11日，习近平总书记在主持十九届中央政治局第二十六次集体学习时发表重要讲话，就贯彻总体国家安全观提出"十个坚持"的要求，对总体国家安全观进行了全面概括和阐释。一是坚持党对国家安全工作的绝对领导。坚持党中央对国家安全工作的集中统一领导，加强统筹协调，把党的领导贯穿到国家安全工作各方面全过程，推动各级党委（党组）把国家安全责任制落到实处。二是坚持中国特色国家安全道路。贯彻总体国家安全观，坚持政治安全、人民安全、国家利益至上有机统一，以人民安全为宗旨，以政治安全为根本，以经济安全为基础，捍卫国家主权和领土完整，防范化解重大安全风险，为实现中华民族伟大复兴提供坚强安全保障。三是坚持以人民安全为宗旨。国家安全一切为了人民、一切依靠人民，充分发挥广大人民群众积极性、主动性、创造性，切实维护广大人民群众安全权益，始终把人民作为国家安全的基础性力量，汇聚起维护国家安全的强大力量。四是坚持统筹发展和安全。坚持发展和安全并重，实现高质量发展和高水平安全的良性互动，既通过发展提升国家安全实力，又深入推进国家安全思路、体制、手段创新，营造有利于经济社会发展的安全环境，在发展中更多考虑安全因素，努力实现发展和安全的动态平衡，全面提高国家安全工作能力和水平。五是坚持把政治安全放在首要位置。维护政权安全和制度安全，更加积极主动做好各方面工作。六是坚持统筹推进各领域安全。统筹应对传统安全和非传统安全，发挥国家安全工作协调机制作用，用好国家安全政策工具箱。七是坚持把防范化解国家安全风险摆在突出位置。提高风险预见、预判能力，力争把可能带来重大风险的隐患发现和处置于萌芽状态。八是坚持推进国际共同安全。高举合作、创新、法治、共赢的旗帜，推动树立共同、综合、合作、可持续的全球安全观，加强国际安全合作，完善全球安全治理体系，共同构建普遍安全的人类命运共同体。九是坚持推进国家安全体系和能力现代化。坚持以改革创新为动力，加强法治思维，构建系统完备、科学规范、运行有效的国家安全制度体系，提高运用科学技术维护国家

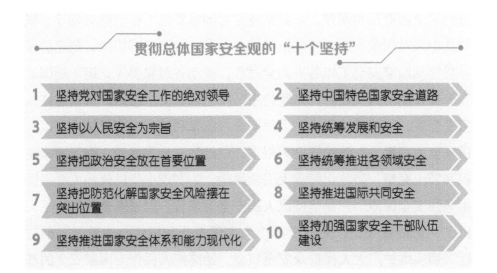

贯彻总体国家安全观的"十个坚持"

1	坚持党对国家安全工作的绝对领导	2	坚持中国特色国家安全道路
3	坚持以人民安全为宗旨	4	坚持统筹发展和安全
5	坚持把政治安全放在首要位置	6	坚持统筹推进各领域安全
7	坚持把防范化解国家安全风险摆在突出位置	8	坚持推进国际共同安全
9	坚持推进国家安全体系和能力现代化	10	坚持加强国家安全干部队伍建设

安全的能力，不断增强塑造国家安全态势的能力。十是坚持加强国家安全干部队伍建设。加强国家安全战线党的建设，坚持以政治建设为统领，打造坚不可摧的国家安全干部队伍。

党的十九届六中全会通过的《中共中央关于党的百年奋斗重大成就和历史经验的决议》对国家安全作了进一步概括："必须坚持底线思维、居安思危、未雨绸缪，坚持国家利益至上，以人民安全为宗旨，以政治安全为根本，以经济安全为基础，以军事、科技、文化、社会安全为保障，以促进国际安全为依托，统筹发展和安全，统筹开放和安全，统筹传统安全和非传统安全，统筹自身安全和共同安全，统筹维护国家安全和塑造国家安全。"

总体国家安全观提出并深入阐发了一系列具有原创性、时代性的新安全理念，是习近平新时代中国特色社会主义思想的重要组成部分。总体国家安全观坚持国家利益至上，以人民安全为宗旨，以政治安全为根本，以经济安全为基础，以军事、文化、社会安全为保障，以促进国际安全为依托，统筹外部安全和内部安全、国土安全和国民安全、传统安全和非传统安全、自身安全和共同安全，完善国家安全制度体系，加强国家安全能力建设，坚决维护国家主权、安全、发展利益。总体国家安全观统筹发展和安全两件大事，强调发展是安全的基础和目的、安全是发展的条件和保障，既善于运用发展成果来夯实国家安全的实力基础，又善于塑造有利于经济社会发展的安全环境。总体国家安全观还强调坚持人民安全、政治安全、国家利益至上有机统一。把人民安全作为宗旨，意味着始终把人民安全放在最高位置，坚持国家安全一切为了人民、一切依靠人民。把政治安全作为根本，其核心是巩固政权安全和制度安全，最根本的就是维护中国共产党的领导和执政地位、维护中国特色社会主义制度。把国家利益至上作为准则，就是坚决维护国家主权、安全、发展利益，决不拿自己的核心利益做交易，决不放弃自己的正当权益。人民安全、政治安全、国家利益至上三者紧密关联、相辅相成，这是中国特色国家安全理论的重要特征。

总体国家安全观关键在"总体"，强调的是做好国家安全工作的系统思维和方法，突出的是"大安全"理念。总体国家安全观涵盖政治、军事、国土、经济、文化、社会、科技、网络、生态、资源、核、海外利益、太空、深海、极地、生物等诸多领域，而且随着社会发展不断拓展。这为新形势下保障人民安康、社会安定、国家安稳提供了基本遵循，为维护和塑造中国特色国家安全提供了行动指南。

 延伸问答

问：怎样理解以新安全格局保障新发展格局？

答：以新安全格局保障新发展格局，体现了统筹发展和安全的根本要求，明确了构建新安全格局的战略任务。以新安全格局保障新发展格局，首要的是健全国家安全体系；以新安全格局保障新发展格局，必须着力增强维护国家安全能力；以新安全格局保障新发展格局，必须加强思想武装和能力建设。

必须坚决贯彻总体国家安全观，坚持中国特色国家安全道路，立足国际秩序大变局和我国发展重要战略机遇期大背景，认清国家安全新形势新任务新要求，始终把国家安全置于中国特色社会主义事业全局中来把握，牢牢掌握维护国家安全的战略主动权，不断提高战略思维、历史思维、辩证思维、创新思维、法治思维、底线思维能力，发扬斗争精神、增强斗争本领，下好先手棋、打好主动仗，有效应对重大挑战、抵御重大风险、克服重大阻力、解决重大矛盾，全面加强国家安全工作，不断完善国家安全战略体系，构建国家安全体系框架，建立国家安全工作协调机制，防范和化解影响我国现代化进程的各种风险，塑造总体有利的国家安全战略态势，守住不发生系统性风险和不犯颠覆性错误的底线，为全面建成社会主义现代化强国提供坚强保障。

二、健全国家安全体系

坚持党对国家安全工作的绝对领导，完善集中统一、高效权威的国家安全领导体制，完善国家安全法治体系、战略体系、政策体系、风险监测预警体系、国家应急管理体系，实施更为有力的统领和协调。进一步发挥中央国家安全委员会统筹国家安全事务的作用，进一步完善国家安全工作机制，统筹国家安全各领域、各要素、各层面，健全国家安全法律制度体系，完善国家安全战略和国家安全政策。健全国家安全保障体制机制，建立健全跨部门跨地区国家安全风险研判、防控协同、防范化解联合工作机制，完善国家安全力量布局，构

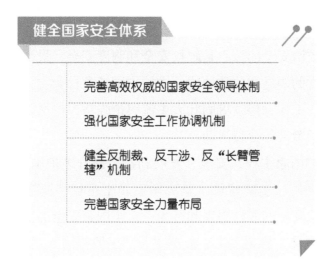

健全国家安全体系

完善高效权威的国家安全领导体制

强化国家安全工作协调机制

健全反制裁、反干涉、反"长臂管辖"机制

完善国家安全力量布局

建全域联动、立体高效的国家安全防护体系，着力在提高把握全局、谋划发展的战略能力上下功夫，严密防范和坚决打击各种渗透颠覆破坏活动、暴力恐怖活动、民族分裂活动、宗教极端活动，不断增强驾驭风险、迎接挑战的本领。

坚持系统观念，加强前瞻性思考、全局性谋划、整体性推进，形成体系性合力和战斗力。要完善领导体制。坚定不移贯彻中央国家安全委员会主席负责制，全面落实国家安全责任制，不折不扣把党中央关于国家安全工作的决策部署落到实处。要完善工作机制。强化国家安全工作协调机制，完善重要专项协调指挥体系，健全国家安全审查和监管制度、危机管控机制等制度机制。加强国家安全法治保障，积极推进重要领域立法，完善中国特色国家安全法律体系。加快涉外法治工作战略布局，健全反制裁、反干涉、反"长臂管辖"机制。深入实施《国家安全战略纲要》，强化经济、重大基础设施、金融、网络、数据、生物、资源、核、太空、海洋等安全保障体系建设。

三、增强维护国家安全能力

坚定维护国家政权安全、制度安全、意识形态安全。把政治安全作为根本，政治安全的核心是政权安全和制度安全，最根本的就是维护中国共产党的领导和执政地位、维护中国特色社会主义制度，切实加强意识形态工作，持续巩固壮大主流舆论强势，严密防范和坚决打击各种渗透颠覆破坏分裂活动。

坚决维护国家主权、安全、发展利益，提升维护国土安全能力，加强边防、海防、空防建设，坚决捍卫领土主权和海洋权益，有效遏制侵害国家安全的各种图谋和行为，筑牢国家安全的铜墙铁壁。深入打击恐怖主义、分裂主义、极端主义"三股势力"，坚决防范"藏

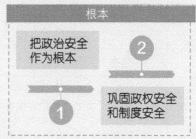

独""东突"，坚决粉碎任何"台独"分裂图谋，全力维护香港、澳门长期繁荣稳定。保护海外中国公民、组织和机构的基本安全和正当权益，维护我国海外利益安全，建立强有力的海外利益安全保障体系。

注重协同高效、法治思维、科技赋能、基层基础，统筹推进各领域国家安全工作，加强重点领域安全能力建设，确保粮食、能源资源、重要产业链供应链安全。加快发展自主可控的战略高新技术和重要领域关键核心技术，保障重大技术和工程的安全。

全面加强国家安全教育，提高各级领导干部统筹发展和安全能力，增强全民国家安全意识和素养，形成全社会共同维护公共安全的良好局面，将国家的公共安全决策转化为全民维护公共安全的实际行动和巨大合力。

四、提高公共安全治理水平

坚持安全第一、预防为主，建立大安全大应急框架，完善公共安全体系，推动公共安全治理模式向事前预防转型。构建全方位、立体化、多维度的公共安全防护体系，充分运用复杂系统动力学、大数

推动公共安全治理模式向事前预防转型

坚持安全第一、预防为主

建立大安全大应急框架，完善公共安全体系

推进安全生产风险专项整治，加强重点行业、重点领域安全监管

提高防灾减灾救灾和重大突发公共事件处置保障能力，加强国家区域应急力量建设

强化食品药品安全监管，健全生物安全监管预警防控体系

据、云计算、物联网等现代科学技术手段，提高公共安全体系科学化精细化水平，提升公共安全的联动响应和应急管控能力。

推进安全生产风险专项整治，加强重点行业、重点领域安全监管，全面提升公共安全风险评估、预防准备、监测预警、态势研判、救援处置、综合保障等各个环节的专业水平。提高防灾减灾救灾和重大突发公共事件处置保障能力，加强国家区域应急力量建设，加强防灾减灾预警系统、国家专业救援队伍、国家应急物资装备、国家应急通信系统、国家应急运输保障系统等能力建设，推动公共安全领域的相关部门协同管理、相互配合、共同发力。

没有网络安全就没有国家安全，就没有经济社会稳定运行，广大人民群众利益也难以得到保障。要树立正确的网络安全观，加强信息基础设施网络安全防护，加强网络安全信息统筹机制、手段、平台建设，加强网络安全事件应急指挥能力建设，积极发展网络安全产业，做到关口前移，防患于未然。

食品药品安全和生物安全直接关系人民群众身体健康和生命安

全，关系民族安危存亡，是公共安全体系中十分敏感和极其重要的领域。世界生物安全形势日益复杂。生物安全涉及因素众多，我国监管体系和监管能力面对严峻复杂的形势还有一定差距，是当前和未来一段时期必须着力补足的突出短板。

五、统筹发展和安全

习近平总书记指出："安全是发展的前提，发展是安全的保障，安全和发展要同步推进。"统筹发展和安全，是对新中国成立 70 多年来推进社会主义现代化建设经验的深刻总结。

中国特色国家安全道路坚持统筹发展和安全两件大事，既善于运用发展成果夯实国家安全的实力基础，又善于塑造有利于经济社会发展的安全环境，做到坚持发展不停步、维护安全不懈怠，实现高质量发展和高水平安全良性互动。

安全和发展是一体之两翼、驱动之双轮。在总体国家安全观的顶层设计下，发展和安全相辅相成、辩证统一。发展是我们党执政兴国的第一要务，国家安全是安邦定国的重要基石。没有发展，安全就没有保障；没有安全，发展就不可持续，已经取得的成果也会失去。安全是发展的前提，只有国家安全、社会稳定，经济社会才能持续健康

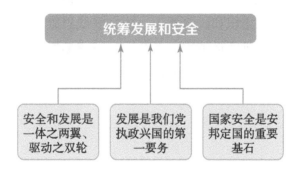

发展。没有国家安全和社会稳定，一切都无从谈起，任何一个领域出现安全隐患，都有可能损害群众切身利益，甚至影响国家根本利益。发展是安全的保障，只有推动经济社会持续健康发展，才能筑牢国家繁荣富强、人民幸福安康、社会和谐稳定的物质基础。在新时代新征程上，破解突出矛盾和问题，防范化解各类风险隐患，归根到底要靠发展。忽视安全的发展是存在隐患、不可持续的；忽视发展的安全是基础薄弱、不能长久的。前进道路上，我们既要以安全促发展，又要以发展保安全。

历史和实践证明，只有统筹好发展和安全两件大事，才能确保中国特色社会主义事业顺利推进。回顾党的百余年奋斗历程，我们党领导人民跨过一道又一道沟坎、战胜一个又一个挑战，创造了举世瞩目的经济快速发展奇迹和社会长期稳定奇迹，这得益于我们党始终坚持发展和安全相统一，注重集中精力办好自己的事情。实践表明，科学统筹发展和安全，既善于运用发展成果夯实国家安全的实力基础，又善于塑造有利于经济社会发展的安全环境，是我国经济行稳致远、社会和谐稳定的宝贵经验。

统筹好发展和安全这两件大事，关系到实现中华民族伟大复兴中国梦这一宏伟目标。进入新发展阶段，统筹发展和安全同构建新发展格局彼此呼应、相互支撑。统筹发展和安全，要求加快构建新发展格局；构建新发展格局，必须高度重视统筹发展和安全。只有在发展和安全两个方面同时发力，才能将构建新发展格局的战略部署落到实处。必须增强机遇意识和风险意识，树立底线思维，把困难估计得更充分一些，把风险思考得更深入一些，注重堵漏洞、强弱项，有效防范化解各类风险挑战，确保中国特色社会主义事业顺利推进。

第十二讲

建成世界一流军队

一 坚持党对人民军队的绝对领导

二 实现建军一百年奋斗目标

三 全面提高备战打仗能力

四 加快国防和军队现代化

五 提高一体化国家战略体系和能力

党的十八大以来，以习近平同志为核心的党中央坚持和发展马克思主义军事理论，围绕国防和军队建设作出一系列重要论述，创立了习近平强军思想。习近平强军思想坚持马克思主义军事理论的立场、观点、方法，准确把握世情国情军情的深刻变化，作出一系列新的重大判断、新的理论概括、新的战略安排，内涵丰富、思想深邃，是一个具有时代性引领性独创性的科学理论体系，是党的军事指导理论创新的最新成果，是新时期党的创新理论的"军事篇"，开辟了当代中国马克思主义军事理论和军事实践发展的新境界，为实现党在新时代的强军目标、把人民军队全面建成世界一流军队提供了根本引领和科学指南。

习近平强军思想在强军实践中不断得到丰富和升华，强军事业在习近平强军思想引领下阔步前行，推动强军事业取得历史性成就、发生历史性变革。实践证明，习近平强军思想抓住了强军兴军的根本问题，为推进强军事业提供了强大思想武器。牢固确立习近平强军思想在国防和军队建设中的指导地位，对于坚定不移走好中国特色强军之路，全面推进国防和军队现代化，具有重大现实意义和深远历史意义。

一、坚持党对人民军队的绝对领导

党对人民军队的绝对领导是党和国家的重要政治优势，确保枪杆子永远听党指挥，是人民军队的建军之本、强军之魂。

坚持党领导人民军队的一系列根本原则和制度，是我们党在血与火的斗争中得出的颠扑不破的真理。人民军队是党缔造的，一诞生便与党紧紧地联系在一起，始终在党的绝对领导下行动和战斗。建军以来，人民军队之所以能始终保持强大的凝聚力、向心力、战斗力，经受住各种考验，不断从胜利走向胜利，最根本的就是因为枪杆子始终掌握在党的手里。正是因为党的坚强领导，才保证了人民军队在长期复杂斗争中没有迷失方向，才保证了国家的长治久安。推进强军事业，必须毫不动摇、始终不渝坚持党对人民军队的绝对领导，加强以党的创新理论武装全军，全面推进军队党的政治建设、思想建设、组织建设、作风建设、纪律建设，把制度建设贯穿其中，深入推进反腐败斗争，培养有灵魂、有本事、有血性、有品德的新一代革命军人，锻造铁一般信仰、铁一般信念、铁一般纪律、铁一般担当的过硬部队，确保部队绝对忠诚、绝对纯洁、绝对可靠，确保人民军队永远跟党走。

军委主席负责制是党对人民军队绝对领导的制度"龙头"，是确保国家长治久安的"定海神针"，是坚持党对军队绝对领导的根本制度。落实党对人民军队绝对领导，首要的是维护和贯彻军委主席负责

坚持党对人民军队绝对领导的根本原则和主要制度

根本原则	制度（主要包括）
✓ 党对人民军队的绝对领导是独立的、直接的、全面的领导	✓ 人民军队最高领导权和指挥权属于党中央和中央军委，中央军委实行主席负责制
✓ 人民军队必须坚持党的领导的唯一性、彻底性、无条件性，完全地无条件地置于党的领导之下	✓ 实行党委制、政治委员制、政治机关制
	✓ 实行党委（支部）统一的集体领导下的首长分工负责制
	✓ 实行支部建在连上

制，强化"四个意识"，始终在政治立场、政治方向、政治原则、政治道路上同党中央和中央军委主席习近平同志保持高度一致，一切行动听从党中央、中央军委和习主席指挥。坚持党对军队绝对领导，全面加强人民军队党的建设，要构建系统完备的人民军队党的建设制度体系，狠抓各项制度贯通落实，尤其要坚决、全面、具体、无条件地贯彻军委主席负责制，确保习主席号令直达末端、直达官兵。

军队领导权问题，是马克思主义军事理论的核心问题。中国共产党对这个问题的认识经历了一个逐渐加深的过程。建党初期，由于我们党没有认识到建立和掌握军队的极端重要性，遭遇了大革命失败等惨痛教训。在付出了无数鲜血和生命代价之后，我们党开始认识到"枪杆子里面出政权"，建立和发展党领导的新型人民军队，"以武装的革命反对武装的反革命"，走上了"农村包围城市、武装夺取政权"的革命道路。此后，我们党之所以能够推翻反动统治、夺取政权并守好红色江山，最根本的就在于坚持党对人民军队的绝对领导，枪杆子始终掌握在党的手里。党的绝对领导，造就了人民军队对党的赤胆忠心，造就了人民军队和人民的鱼水情意，造就了人民军队为党和人民冲锋陷阵的坚定意志，确保人民军队在任何时候都坚决执行党的政治任务，为党和人民事业不断前进保驾护航。

面向未来，坚持党对人民军队的绝对领导，牢牢把握党指挥枪的根本原则，是推进国防和军队现代化的"生命线"，是全面建设社会主义现代化国家的"压舱石"。在长期的实践中，我们党形成了一整套党对人民军队绝对领导的制度体系，其中最重要的就是军委主席负责制。这是宪法和党章规定的重大制度，在党领导人民军队的制度体系中处于最高层次、居于统领地位。全军必须全面深入贯彻军委主席负责制，确保一切行动听从党中央、中央军委和习主席指挥。

坚持党对人民军队的绝对领导，关键是在"绝对"两个字上，确保全军绝对忠诚、绝对纯洁、绝对可靠。所谓"绝对"，就是强调坚

坚持党对人民军队的绝对领导关键是在"绝对"两个字上 ➡ 确保全军
1 绝对忠诚
2 绝对纯洁
3 绝对可靠

持党的领导的唯一性、彻底性和无条件性，必须是纯粹的、百分百的忠诚，不掺杂任何杂质，没有任何水分。无论在任何时候，无论在任何情况下，都必须做到以党的旗帜为旗帜、以党的方向为方向、以党的意志为意志，头脑特别清醒、态度特别鲜明、行动特别坚决。衡量我军是不是政治上合格，可以讲很多条，但归根到底要看这一条。

要不要坚持党对人民军队的绝对领导，始终是我们同各种敌对势力斗争的一个焦点。长期以来，敌对势力大肆鼓吹"军队国家化""军队非党化、非政治化"等错误论调，妄图对我军官兵拔根去魂，想方设法让军队"改变颜色"，脱离党的领导。对此，我们必须保持高度警觉，认清敌对势力的险恶用心，旗帜鲜明地加以批驳和抵制，始终保持政治上的坚定。必须始终坚持党对人民军队绝对领导不动摇，把听党指挥深深融入血脉和灵魂，深化党的创新理论武装，加强军史学习教育，繁荣发展强军文化，强化战斗精神培育，真正做到"炼就金刚身，不怕百毒侵"，永远听党话、跟党走，永远做党和人民的忠诚卫士。

二、实现建军一百年奋斗目标

党的十九大着眼于国家安全和发展战略全局，对国防和军队现代化作出"三步走"的战略安排，强调要确保到 2020 年基本实现机械化，信息化建设取得重大进展，战略能力有大的提升；力争到 2035

年基本实现国防和军队现代化，到本世纪中叶把人民军队全面建成世界一流军队。2020年11月，国防部新闻发言人透露，第一步的战略目标已经达成。

党的十九届五中全会进一步确定了加快国防和军队现代化的目标任务和发展步骤，强调确保2027年实现建军一百年奋斗目标。

党的十九届六中全会通过的《中共中央关于党的百年奋斗重大成就和历史经验的决议》指出，"党提出新时代的强军目标，确立新时代军事战略方针，制定到二〇二七年实现建军一百年奋斗目标、到二〇三五年基本实现国防和军队现代化、到本世纪中叶全面建成世界一流军队的国防和军队现代化新'三步走'战略"。新"三步走"战略使强军兴军的战略路径更加科学清晰。

如期实现建军一百年奋斗目标，加快把人民军队建成世界一流军队，是全面建成社会主义现代化强国的战略要求，是党中央和中央军委把握强国强军时代要求作出的重大决策，是关系国家安全和发展全局的重大任务，是国防和军队现代化新"三步走"战略安排中十分紧要的一步。

推进实现建军一百年奋斗目标，是关系我军建设全局的一场深刻

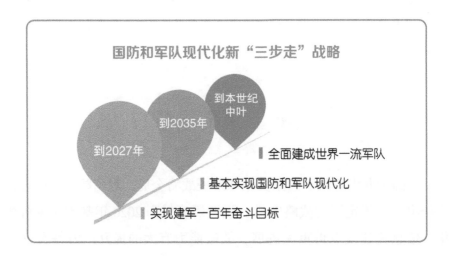

变革，要搞好科学统筹，坚持以战领建，加强创新突破，转变发展理念，创新发展模式，抓好重点任务，增强发展动能，加快工作进度，保证工作质量。

三、全面提高备战打仗能力

深入贯彻新时代军事战略方针，研究掌握信息化智能化战争特点规律，创新军事战略指导，发展人民战争战略战术，与时俱进创新军事战略指导。适应国家安全环境深刻变化，适应战争形态和作战样式发展趋势，统筹推进传统安全领域和新型安全领域军事斗争准备，整体运筹备战与止战、维权与维稳、威慑与实战、战争行动与和平时期军事力量运用，更加注重聚焦实战、更加注重创新驱动、更加注重体系建设、更加注重集约高效、更加注重军民融合。

全面加强练兵备战，提高人民军队打赢能力。坚持以军事斗争准备为龙头带动现代化建设，牢固树立战斗力这个唯一的根本标准，向能打仗、打胜仗聚焦，坚持用是否有利于提高战斗力来衡量和检验各项工作，加快提高基于网络信息体系的联合作战能力、全域作战能力，建设坚强高效的战区联合作战指挥机构和科学完备的联合作战体制机制，加快构建中国特色现代作战体系，打造强大战略威慑力量体系，增加新域新质作战力量比重，加快无人智能作战力量发展，统筹网络信息体系建设运用。加强高素质新型军事人才和军事人力资源培养体系建设，以先进组织形态解放和发展战斗力、解放和增强军队活力，为适应信息化战争和履行使命要求的先进武器装备体系提供强大物质技术支撑。

扎实做好各战略方向军事斗争准备。优化联合作战指挥体系，推进侦察预警、联合打击、战场支撑、综合保障体系和能力建设。深入

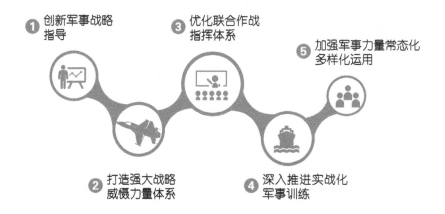

提高人民军队打赢能力

① 创新军事战略指导

③ 优化联合作战指挥体系

⑤ 加强军事力量常态化多样化运用

② 打造强大战略威慑力量体系

④ 深入推进实战化军事训练

推进实战化军事训练，深化联合训练、对抗训练、科技练兵。加强军事力量常态化多样化运用，坚定灵活开展军事斗争，全面提高部队在信息化条件下以打赢局部战争为核心的多样化军事能力，确保部队召之即来、来之能战、战之必胜，实现有效塑造安全态势、管控危机、遏制战争、打赢战争，坚决打败一切来犯之敌，切实担当起党和人民赋予的新时代使命任务。

四、加快国防和军队现代化

国防和军队现代化进程必须同国家现代化进程相适应，军事能力必须同国家战略需求相适应。

如期实现建军一百年奋斗目标，加快把人民军队建成世界一流军队，是全面建设社会主义现代化国家的战略要求。必须坚持政治建军、改革强军、科技强军、人才强军、依法治军，坚持边斗争、边备战、边建设，坚持机械化信息化智能化融合发展，加快军事理论现代化、军队组织形态现代化、军事人员现代化、武器装备现代化，提高捍卫国家主权、安全、发展利益战略能力，开创国防和军队现代化新局面。

政治建军是我军的立军之本。政治工作是人民军队的生命线，只能加强不能削弱。要坚定不移推进政治整训，把理想信念、党性原则、战斗力标准、政治工作威信四个带根本性的东西在全军牢固立起来。坚持不懈用党的创新理论铸魂育人，开展"学习强军思想、建功强军事业"教育实践活动，构建新时代人民军队思想政治教育体系，传承红色基因，繁荣发展强军文化，培养有灵魂、有本事、有血性、有品德的新时代革命军人，锻造具有铁一般信仰、铁一般信念、铁一般纪律、铁一般担当的过硬部队。全面从严治党、全面从严治军，全面锻造过硬基层，坚定不移正风肃纪反腐，大力弘扬我党我军光荣传统和优良作风，永葆人民军队性质、宗旨、本色。

改革是强军的必由之路。必须全面实施改革强军战略，完善和发展中国特色社会主义军事制度，加快构建能够打赢信息化战争、有效履行使命任务的中国特色现代军事力量体系。推进领导指挥体制改革，确立军委管总、战区主战、军种主建总原则，改变长期实行的总

中国特色强军之路

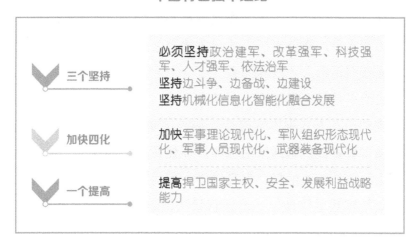

三个坚持	**必须坚持**政治建军、改革强军、科技强军、人才强军、依法治军 **坚持**边斗争、边备战、边建设 **坚持**机械化信息化智能化融合发展
加快四化	**加快**军事理论现代化、军队组织形态现代化、军事人员现代化、武器装备现代化
一个提高	**提高**捍卫国家主权、安全、发展利益战略能力

部体制、大军区体制、大陆军体制。推进军队规模结构和力量编成改革，构建中国特色现代军事力量体系，改变长期以来陆战型、国土防御型的力量结构和兵力布势。推进军事政策制度改革，构建中国特色社会主义军事政策制度体系。要巩固拓展改革成果，推进改革既定任务落实，搞好后续改革筹划论证，完善军事力量结构编成，体系优化军事政策制度，不断解放和发展战斗力、解放和增强军队活力。

科技是核心战斗力，是军事发展中最活跃、最具革命性的因素。必须坚持自主创新战略基点，推进高水平科技自立自强，增强科技认知力、创新力、运用力，推动我军建设模式向创新驱动发展转变，建设创新型人民军队。要加强基础研究和原始创新，加快关键核心技术攻关，加快战略性、前沿性、颠覆性技术发展，不断提高我军建设科技含量。

强军之道，要在得人。人才是推动我军高质量发展、赢得军事竞争和未来战争主动的关键因素。必须贯彻新时代军事教育方针，推动军事人员能力素质、结构布局、开发管理全面转型升级，锻造德才兼备的高素质、专业化新型军事人才。要坚持党管干部、党管人才、组织选人，坚持从政治上培养、考察、使用人才，创新军事人力资源管理，完善识才、聚才、育才、用才制度机制。坚持为战争准备人才，把能打仗、打胜仗作为人才工作出发点和落脚点，提高备战打仗人才供给能力和水平。坚持走好人才自主培养之路，落实院校优先发展战略，建强新型军事人才培养体系。

依法治军是我们党建军治军基本方式。要构建中国特色军事法治体系，推动治军方式根本性转变，提高国防和军队建设法治化水平，为推进强军事业提供坚强法治保障。抓住领导干部这个"关键少数"，突出依法治官、依法治权，提高领导干部运用法治思维和法治方式的能力。坚持官兵主体地位，增强官兵法治素养，维护官兵合法权益，依靠全军官兵共同建设法治、厉行法治、维护法治。

加快国防和军队现代化，必须把高质量发展放在首位。要更加注重聚焦实战、创新驱动、体系建设、集约高效、军民融合，以加快先进战斗力有效供给为指向，转变发展理念，创新发展模式，增强发展动能，确保高质量发展。

全面加强军事治理是治军理念和方式的一场深刻变革，必须着力构建现代军事治理体系，以高水平治理推动我军高质量发展。要坚持全局统筹、系统抓建、体系治理，加强国防和军队建设各项工作协调联动，确保同向发力、综合发力。把握新体制下军事系统运行特点要求，坚持用改革创新的思路和办法解决发展中的矛盾问题，不断优化工作运行机制，完善军事法规制度体系。创新加强战略管理，构建推动高质量发展的指标体系、标准体系、统计体系、评估体系、监管体系。

加强国防和军队建设重大任务战建备统筹，成体系推进相关战略能力和新域新质作战能力建设。建设一切为了打仗的后勤，构建现代军事物流体系和军队现代资产管理体系。实施国防科技和武器装备重大工程，加快主战武器装备更新换代，加紧构建武器装备现代化管理体系。强化作战需求根本牵引，合理确定投向投量，提高资源配置的精准度和集中度，确保军费使用精准、高效、可持续，把有限资源用在刀刃上、用出效益来。

五、提高一体化国家战略体系和能力

军民融合发展是兴国之举、强军之策，推进强军事业，必须深入推进军民融合发展，构建军民一体化的国家战略体系和能力，逐步实现国家各领域战略布局一体融合、战略资源一体整合、战略力量一体运用。

坚持富国和强军相统一，构建军民融合发展的统一领导、军地协调、需求对接、系统完备、衔接配套、有效激励的资源共享机制，完善顺畅高效的军民融合组织管理体系、工作运行体系、政策制度体系，加强军地战略规划统筹、政策制度衔接、资源要素共享。

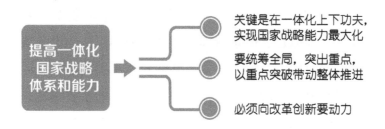

提高一体化国家战略体系和能力

- 关键是在一体化上下功夫，实现国家战略能力最大化
- 要统筹全局，突出重点，以重点突破带动整体推进
- 必须向改革创新要动力

坚定不移走军民融合式创新之路，在更广范围、更高层次、更深程度上把军事创新体系纳入国家创新体系之中，优化国防科技工业体系和布局，加强国防科技工业能力建设，形成全要素、多领域、高效益的军民融合深度发展格局，促进经济和国防协调发展、平衡发展、兼容发展，实现经济建设和国防建设综合效益最大化。

深化全民国防教育，加强国防动员和后备力量建设，完善国防动员体系，推进现代边海空防建设，巩固发展坚如磐石的军政军民关系。

第十三讲

坚持"一国两制",推进祖国统一

一　坚持和完善"一国两制"制度体系，落实中央全面管治权

二　解决台湾问题，实现祖国完全统一

党的十八大以来，以习近平同志为核心的党中央全面推进对台工作和港澳工作理论和实践创新，丰富了新时代坚持"一国两制"和推进祖国统一基本方略的重要内涵，指明了今后一个时期对台工作和港澳工作的基本思路、重点任务和前进方向，是做好新时代对台工作和港澳工作的根本遵循和行动指南。

一、坚持和完善"一国两制"制度体系，落实中央全面管治权

"一国两制"是中国特色社会主义的伟大创举，是我国的一项基本国策，是香港、澳门回归后保持长期繁荣稳定的最佳制度安排，必须长期坚持。习近平总书记指出："'一国两制'是经过实践反复检验了的，符合国家、民族根本利益，符合香港、澳门根本利益，得到14亿多祖国人民鼎力支持，得到香港、澳门居民一致拥护，也得到国际社会普遍赞同。"他还强调："中央贯彻'一国两制'方针坚持两点，一是坚定不移，确保不会变、不动摇；二是全面准确，确保不走样、不变形。"

党的十八大以来，以习近平同志为核心的党中央审时度势，作出健全中央依照宪法和基本法对特别行政区行使全面管治权、完善特别行政区同宪法和基本法实施相关制度机制的重大决策，推动建立健全特别行政区维护国家安全的法律制度和执行机制、制定《中华人民共

和国香港特别行政区维护国家安全法》、完善香港特别行政区选举制度，支持特别行政区完善公职人员宣誓制度。中央人民政府依法设立驻香港特别行政区维护国家安全公署，香港特别行政区依法设立维护国家安全委员会。这一系列标本兼治的举措，推动香港局势实现由乱到治的重大转折，为推进依法治港治澳、促进"一国两制"实践行稳致远打下了坚实基础。

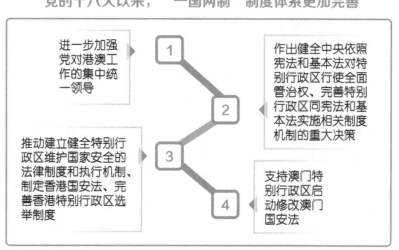

历史已经证明，"一国两制"在港澳的实践是行得通、办得到、得人心的。必须全面准确、坚定不移贯彻"一国两制"方针，坚持中央全面管治权和保障特别行政区高度自治权相统一，维护中央对特别行政区的全面管治权。高度自治源于中央授权，决不存在完全自治，决不允许摆脱中央的领导、管理和监督，决不允许用所谓"自决权"否定和排斥国家主权、挑战中央的管治权，自治权必须由爱国者掌握，只有这样才能保持特别行政区长治久安。

为此，要全面准确、坚定不移贯彻"一国两制"、"港人治港"、

"澳人治澳"、高度自治的方针，坚持依法治港治澳，维护宪法和基本法确定的特别行政区宪制秩序。坚持以行政长官为核心的行政主导体制，全力支持行政长官和特别行政区政府依法施政、积极作为。支持行政长官领导特别行政区政府依法施政，支持行政、立法、司法机关依法履职，支持特别行政区政府积极回应社会发展新要求和广大居民新期待，团结带领全社会集中精力发展经济、切实有效改善民生、坚定不移守护法治、循序渐进推进民主、包容共济促进和谐，着力破解影响香港经济社会发展和长治久安的深层次矛盾和突出问题，不断提高施政能力和管治水平，实现良政善治。

支持香港和澳门发展经济、改善民生、破解经济社会发展中的深层次矛盾和问题。全面支持香港和澳门对接国家发展战略，更好融入国家发展大局，支持港澳发展经济、改善民生，增强港澳同胞国家意识和爱国精神，把国家发展带来的重大机遇、内地各方面的大力支持与港澳所具有的高度法治化、市场化、专业化、国际化等优势相结合，完善促进香港和澳门同内地优势互补、协同发展的政策体系。

发挥香港、澳门参与共建"一带一路"的重大意义和独特作用，推动香港、澳门进一步发挥区位优势、开放合作的先发优势、现代服务业专业化优势及文脉相承的人文优势，在金融和投资、基础设施建设与航运、经贸交流与合作、民心相通、加强对接合作与争议解决服务等国际合作领域积极作为，为香港和澳门在国家支持下放大自身优势、拓展国际经贸联系提供广阔舞台。高质量建设粤港澳大湾区，推动粤港澳大湾区制度机制创新，率先实现要素便捷流动，健全香港、澳门与内地在各领域深入开展交流合作的各种机制，完善便利香港和澳门居民在内地学习、创业、就业、生活的政策措施。

发展壮大爱国爱港爱澳力量，增强港澳同胞的爱国精神，形成更广泛的国内外支持"一国两制"的统一战线。落实"爱国者治港""爱国者治澳"原则，密切内地与港澳工商界、基层民众的联系，扩大内地与港澳法律、教育、传媒等专业人士的往来，发展壮大爱国爱港爱澳力量，努力促进港澳社会的包容共济，增强香港、澳门同胞的国家意识和爱国精神，在爱国爱港爱澳旗帜下实现最广泛的团结，使爱国爱港爱澳光荣传统薪火相传，使"一国两制"事业后继有人，让香港和澳门同胞同祖国人民共担民族复兴的历史责任、共享祖国繁荣富强的伟大荣光。坚决打击反中乱港乱澳势力，坚决防范和遏制外部势力干预港澳事务。

二、解决台湾问题，实现祖国完全统一

解决台湾问题、实现祖国完全统一，是党矢志不渝的历史任务，是全体中华儿女的共同愿望，是实现中华民族伟大复兴的必然要求。国家统一、民族复兴的历史车轮滚滚向前，祖国完全统一一定要实现，也一定能够实现。

党的十八大以来，习近平总书记就对台工作提出一系列重要理念、重大政策、重要主张，形成了新时代党解决台湾问题的总体方略。

一个中国原则是两岸关系的政治基础。推动两岸关系和平发展，最根本的是坚持一个中国原则。虽然两岸迄今尚未统一，但两岸同属一个国家、两岸同胞同属一个民族，中国的主权和领土完整从未分裂，这一历史事实和法理基础从未改变，也不可能改变。"一国两制"是一个和平的方案、民主的方案、善意的方案、共赢的方案，是解决台湾问题的最具包容性的方案。体现一个中国原则的"九二共识"明确界定了两岸关系的根本性质，是确保两岸关系和平发展的关键。"九二共识"表明，大陆与台湾同属一个中国，两岸关系不是国与国关系，也不是"一中一台"。承认"九二共识"、认同两岸同属一个中

国，两岸双方就能够开展对话和协商，两岸关系就能顺利健康发展。

"和平统一、一国两制"方针是实现两岸统一的最佳方式，对两岸同胞和中华民族最有利。两岸关系和平发展、融合发展是通向和平统一的重要途径，是造福两岸同胞的康庄大道，两岸关系和平发展要两岸同胞共同推动，靠两岸同胞共同维护。要深化两岸融合发展，密切两岸交流合作，拓展同台湾同胞特别是基层民众的联系，加强与坚定反对"台独"、拥护祖国统一的台湾社团及人士的交流，拉紧两岸情感纽带和利益联结，增强两岸同胞对中华文化和中华民族的认同，厚植岛内支持两岸关系和平发展的社会基础，铸牢两岸命运共同体意识，厚植祖国和平统一的基础。

台湾是中国的台湾，解决台湾问题是中国人自己的事，要由中国人来决定。我们坚持以最大诚意、尽最大努力争取和平统一的前景，但决不承诺放弃使用武力，保留采取一切必要措施的选项，这针对的是外部势力干涉和极少数"台独"分裂分子及其分裂活动，绝非针对广大台湾同胞。对两岸关系和平发展的最大威胁是"台独"势力及其

新时代党解决台湾问题的总体方略

▶ 解决台湾问题、实现祖国完全统一，是实现中华民族伟大复兴的必然要求，任何人、任何力量都无法阻挡

▶ "和平统一、一国两制"是我们解决台湾问题的基本方针，也是实现两岸统一的最佳方式，最符合包括台湾同胞在内的中华民族的整体利益，是中国共产党和中国政府解决台湾问题的第一选择

▶ 坚持一个中国原则和"九二共识"

▶ 推动两岸关系和平发展、融合发展

▶ 坚决粉碎外来干涉和"台独"分裂图谋

▶ 团结台湾同胞共圆中华民族伟大复兴的中国梦

分裂活动，"台独"损害国家领土完整，破坏台海和平稳定，煽动两岸同胞对立，阻挠两岸关系发展，只会给两岸同胞带来深重祸害。台湾是包括 2300 万台湾同胞在内的全体中国人民的台湾，中国人民捍卫国家主权和领土完整、维护中华民族根本利益的决心不可动摇、意志坚如磐石，有坚定的意志、充分的信心、足够的能力挫败任何形式的"台独"分裂图谋，决不为各种形式的"台独"分裂活动留下任何空间，决不容忍国家分裂的历史悲剧重演，决不允许任何人、任何组织、任何政党在任何时候、以任何形式、把任何一块中国领土从中国分裂出去！台湾问题是中国的内政，事关中国核心利益和中国人民民族感情，不容任何外来干涉，任何人都不要低估中国人民捍卫国家主

深阅读

中国共产党始终是中国人民和中华民族的主心骨，是民族复兴、国家统一的坚强领导核心。中国共产党为解决台湾问题、实现祖国完全统一不懈奋斗的历程充分表明：必须坚持一个中国原则，绝不允许任何人任何势力把台湾从祖国分裂出去；必须坚持为包括台湾同胞在内的全体中国人民谋幸福，始终致力于实现两岸同胞对美好生活的向往；必须坚持解放思想、实事求是、守正创新，把握民族根本利益和国家核心利益，制定实施对台方针政策；必须坚持敢于斗争、善于斗争，同一切损害中国主权和领土完整、企图阻挡祖国统一的势力进行坚决斗争；必须坚持大团结大联合，广泛调动一切有利于反"独"促统的积极因素，共同推进祖国统一进程。

（摘编自《台湾问题与新时代中国统一事业》白皮书，《人民日报》2022 年 8 月 11 日）

权和领土完整的坚强决心、坚定意志、强大能力，任何利用台湾问题干涉中国内政、阻挠中国统一进程的图谋，都将遭到包括台湾同胞在内的全体中国人民的坚决反对，外部势力阻碍中国完全统一的行径必遭失败。

深化两岸各领域融合发展，夯实和平统一基础。我们秉持"两岸一家亲"理念，率先同台湾同胞分享大陆发展的机遇，扩大深化两岸经济合作和文化往来，努力扩大两岸民众的受益面和获得感，逐步为台湾同胞在大陆学习、创业、就业、生活提供与大陆同胞同等的待遇。积极推进两岸经济合作制度化，打造两岸共同市场，壮大中华民族经济，突出以通促融、以惠促融、以情促融，勇于探索海峡两岸融合发展新路，率先在福建建设海峡两岸融合发展示范区。持续推进两岸应通尽通，不断提升两岸经贸合作畅通、基础设施联通、能源资源互通、行业标准共通。推动两岸文化教育、医疗卫生合作，社会保障和公共资源共享，支持两岸邻近或条件相当地区基本公共服务均等化、普惠化、便捷化。积极推进两岸经济合作制度化，打造两岸共同市场，壮大中华民族经济。完善保障台湾同胞福祉和在大陆享受同等待遇的制度和政策，依法维护台湾同胞正当权益。支持台胞台企参与"一带一路"建设、国家区域重大战略和区域协调发展战略，融入新发展格局，参与高质量发展，让台湾同胞分享更多发展机遇，参与国家经济社会发展进程。

第十四讲

推动构建人类命运共同体

党的十八大以来，以习近平同志为核心的党中央面对国际形势风云变幻，领导我国对外工作砥砺前行，取得了历史性成就。在波澜壮阔的外交实践中，习近平总书记牢牢把握中国和世界发展大势，深刻思考人类前途命运，科学回答了中国外交举什么旗、走什么路、追求什么目标，以及新形势下中国需要什么样的外交、怎样办外交等重大问题，提出了一系列富有中国特色、体现时代精神、引领人类发展进步潮流的新理念新主张新倡议，形成了习近平外交思想。

2018 年 6 月召开的中央外事工作会议首次确立提出习近平外交思想。同时，还以"十个坚持"对习近平外交思想进行了概括。

一、构建人类命运共同体是世界各国人民前途所在

构建人类命运共同体是习近平外交思想的核心理念。这一理念超越社会制度和发展阶段的不同，站在全人类整体利益的高度审视国与国之间的关系，展现了世界情怀和全球视野，为人类社会实现共同发展、持续繁荣、长治久安绘制了蓝图，反映了中国在世界大变局中的国际治理观和国际秩序观，反映了中外优秀文化和全人类共同价值追求，顺应了人类社会发展进步的时代潮流，是中国对当代世界和平与发展的重要贡献，为全球治理体系变革提供了新动力，为促进形成更加公正合理的国际新秩序提供了新遵循，成为中国引领时代潮流和人

1. 坚持以维护党中央权威为统领加强党对对外工作的集中统一领导

2. 坚持以实现中华民族伟大复兴为使命推进中国特色大国外交

3. 坚持以维护世界和平、促进共同发展为宗旨推动构建人类命运共同体

4. 坚持以中国特色社会主义为根本增强战略自信

5. 坚持以共商共建共享为原则推动"一带一路"建设

6. 坚持以相互尊重、合作共赢为基础走和平发展道路

7. 坚持以深化外交布局为依托打造全球伙伴关系

8. 坚持以公平正义为理念引领全球治理体系改革

9. 坚持以国家核心利益为底线维护国家主权、安全、发展利益

10. 坚持以对外工作优良传统和时代特征相结合为方向塑造中国外交独特风范

类文明进步方向的鲜明旗帜。

构建人类命运共同体是世界各国人民前途所在，是应对人类共同挑战、建设更加繁荣美好世界的人间正道。万物并育而不相害，道并行而不相悖。全人类休戚相关、命运与共的现实，要求世界各国必须摒弃对抗对立、零和博弈思维，选择合作共赢道路，共同构建利益共同体、责任共同体，进而形成命运共同体，建设持久和平、普遍安全、共同繁荣、开放包容、清洁美丽的世界。当前，世界之变、时代之变、历史之变正以前所未有的方式展开。一方面，和平、发展、合作、共赢的历史潮流不可阻挡，人心所向、大势所趋决定了人类前途

党的十八大以来，推动构建人类命运共同体取得重要进展

中国主动引领全球治理体系变革，提出并推动构建全球发展共同体、人类安全共同体、人类卫生健康共同体、人与自然生命共同体等8个全球层面的命运共同体

为更好维护地区稳定、促进人文交流、实现共同发展与繁荣，中国提出并推动构建中非命运共同体、中阿命运共同体、中国—太平洋岛国命运共同体等多个地区层面的命运共同体

中国已同16个国家提出构建双边命运共同体，并已同老挝、柬埔寨分别签署构建命运共同体行动计划

高质量共建"一带一路"是中国推动构建人类命运共同体的重要实践平台。10年来，已有150多个国家和30多个国际组织同中国签署200多份共建"一带一路"合作文件。随着"一带一路"合作项目的落地生根、开花结果，各共建国家的人民成为实实在在的受益者

终归光明。另一方面，恃强凌弱、巧取豪夺、零和博弈等霸权霸道霸凌行径危害深重，和平赤字、发展赤字、安全赤字、治理赤字加重，人类社会面临前所未有的挑战。世界又一次站在历史的十字路口，何去何从取决于各国人民的抉择。只有各国行天下之大道，以文明交流超越文明隔阂、文明互鉴超越文明冲突、文明共存超越文明优越，和睦相处、合作共赢，繁荣才能持久，安全才有保障。

构建人类命运共同体必须坚持对话协商、共建共享、合作共赢、交流互鉴、绿色低碳五项原则。坚持对话协商，就是各国要相互尊重、平等协商，大国要在相互尊重的基础上管控矛盾分歧，平等对待

小国，任何国家都不能随意发动战争，不能肆意破坏国际法治；坚持共建共享，就是坚持以对话解决争端、以协商化解分歧，统筹应对传统和非传统安全威胁，反对一切形式的恐怖主义；坚持合作共赢，就是推进开放、包容、普惠、平衡、共赢的经济全球化，创造全人类共同发展的良好条件，共同推动世界各国发展繁荣，让发展成果惠及世界各国，让人人享有富足安康；坚持交流互鉴，就是秉持文明只有姹紫嫣红之别，绝无高低优劣之分的理念，文明之间要对话、不要排斥，要交流、不要取代，不同文明取长补短、共同进步，美人之美、美美与共，让文明交流互鉴成为推动人类社会进步的动力、维护世界和平的纽带；坚持绿色低碳，就是牢固树立尊重自然、顺应自然、保护自然的意识，倡导绿色、低碳、循环、可持续的生产生活方式，解决好工业文明带来的矛盾，采取行动应对气候变化，实现世界的可持续发展和人的全面发展，保护好人类赖以生存的地球家园。

二、始终不渝走和平发展道路

走和平发展道路，是我们党根据时代发展潮流和我国根本利益作出的战略抉择。只有坚持走和平发展道路，只有同世界各国一道维护世界和平，中国才能实现自己的目标，才能为世界作出更大贡献。

中华民族是爱好和平的民族，中国人民是爱好和平的人民。在5000多年的文明发展中，中华民族一直追求和传承着和平、和睦、和谐的坚定理念，中华民族的血液中没有侵略他人、称霸世界的基因。中国人民对战争带来的苦难有着刻骨铭心的记忆，对和平有着孜孜不倦的追求，十分珍惜和平安定的生活。走和平发展道路，是中华民族优秀文化传统的传承和发展，也是中国人民从近代以后苦难遭遇中得出的必然结论。

坚定不移走和平发展道路
是中国对国际社会关注中国
发展走向的回应
更是中国人民对实现自身发
展目标的自信和自觉

没有和平，中国和世界都不
可能顺利发展
没有发展，中国和世界也不
可能有持久和平

始终不渝走和平发展道路

全面建成社会主义现代化强国、实现中华民族伟大复兴，必须有和平的国际环境。没有和平，中国和世界都不可能顺利发展；没有发展，中国和世界也不可能有持久和平。要集中精力把自己的事情办好，使国家更加富强，使人民更加富裕，依靠不断发展起来的力量更好走和平发展道路。

近些年来，随着中国迅猛发展，综合国力逐渐增强，国际上"中国威胁论"的声音甚嚣尘上。这是认知上的误读，也是根深蒂固的偏见。中国走和平发展道路来之不易，是我们党经过艰辛探索和不断实践逐步形成的。我们党提出并坚持和平共处五项原则，确立和奉行独立自主的和平外交政策，就是向世界作出永远不称霸、永远不搞扩张的庄严承诺，就是要强调中国始终是维护世界和平的坚定力量。中国不但自己始终不渝走和平发展道路，也希望世界各国一道走和平发展道路。当前，和平、发展、合作、共赢是世界潮流，殖民主义、霸权主义的老路是行不通的，不能身体进入21世纪，而脑袋还停留在过去，停留在殖民扩张的旧时代，停留在冷战思维、零和博弈的老框框内。

三．构建新型国际关系

推动构建新型国际关系，是构建人类命运共同体的基本路径。构建新型国际关系就是要秉持相互尊重、公平正义、合作共赢的原则，走出一条对话而不对抗、结伴而不结盟的国与国交往新路。

中国坚定奉行独立自主的和平外交政策，始终根据事情本身的是非曲直决定自己的立场和政策，维护国际关系基本准则，维护国际公平正义。中国尊重各国主权和领土完整，坚持国家不分大小、强弱、贫富一律平等，尊重各国人民自主选择的发展道路和社会制度，坚决反对一切形式的霸权主义和强权政治，反对冷战思维，反对干涉别国内政，反对搞双重标准。中国的发展是世界和平力量的增长，无论发展到什么程度，中国永远不称霸、永远不搞扩张。

习近平总书记指出："世界上不存在高人一等的国家，不存在放之四海而皆准的国家治理模式，不存在由某个国家说了算的国际秩

推动构建新型国际关系

是构建人类命运共同体的基本路径

走出一条对话而不对抗、结伴而不结盟的国与国交往新路

序。"中国将高举和平、发展、合作、共赢的旗帜，始终坚持维护世界和平、促进共同发展的外交政策宗旨，坚持在和平共处五项原则基础上同各国发展友好合作，深化拓展平等、开放、合作的全球伙伴关系，致力于扩大同各国利益的汇合点。促进大国协调和良性互动，推动构建和平共处、总体稳定、均衡发展的大国关系格局。坚持亲诚惠容和与邻为善、以邻为伴周边外交方针，深化同周边国家友好互信和利益融合。秉持真实亲诚理念和正确义利观加强同发展中国家团结合作，维护发展中国家共同利益。中国共产党愿在独立自主、完全平等、互相尊重、互不干涉内部事务原则基础上加强同各国政党和政治组织交流合作，积极推进人大、政协、军队、地方、民间等各方面对外交往。

四、推动落实全球发展倡议、
全球安全倡议、全球文明倡议

和平、发展、合作、共赢是当今时代潮流，人们对促进共同发展、维护和平稳定、推动文明进步的渴望更加强烈、需求更加迫切。与此同时，天下并不太平，团结和分裂、合作和对抗的博弈较量日益突出，文明冲突、文明优越等论调不时沉渣泛起。为破解全球发展难题、应对国际安全挑战、促进文明互学互鉴，中国提出全球发展倡议、全球安全倡议和全球文明倡议，广泛凝聚共识、汇聚力量，以实际行动践行人类命运共同体理念，为人类和平与发展事业增添更多正能量。

当前，全球经济复苏乏力，南北发展鸿沟进一步拉大，促进全球发展已成为人类面临的重大课题。2021 年 9 月，习近平主席在第七十六届联合国大会上提出全球发展倡议，旨在加快落实联合国

2030年可持续发展议程，推动实现更加强劲、绿色、健康的全球发展，培育全球发展新动能，构建全球发展共同体。

全球发展倡议，倡导各国坚持发展优先，坚持以人民为中心，坚持普惠包容，坚持创新驱动，坚持人与自然和谐共生，坚持行动导向，共创共享和平繁荣美好未来。全球发展倡议提出以来，得到联合国等国际组织和100多个国家响应和支持，正在稳步推进落地落实。要塑造有利发展环境，提振发展伙伴关系，推动经济全球化进程，推动科技同经济深度融合，维护全球产业链供应链稳定，实现世界经济复苏，促进全球平衡、协调、包容发展，让发展成果更好惠及各国人民。

安全是发展的前提，人类是不可分割的安全共同体。面对错综复杂的国际和地区形势，唯有团结合作，才能共克时艰，破解安全治理难题。2022年4月，习近平主席在博鳌亚洲论坛年会上提出全球安

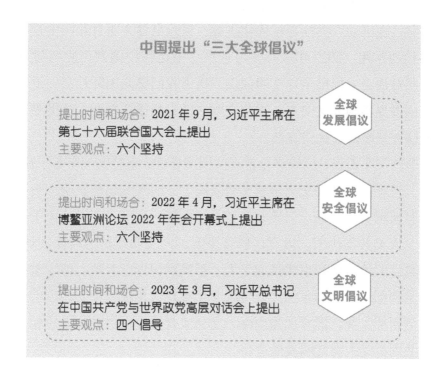

中国提出"三大全球倡议"

提出时间和场合：2021年9月，习近平主席在第七十六届联合国大会上提出
主要观点：六个坚持
全球发展倡议

提出时间和场合：2022年4月，习近平主席在博鳌亚洲论坛2022年年会开幕式上提出
主要观点：六个坚持
全球安全倡议

提出时间和场合：2023年3月，习近平总书记在中国共产党与世界政党高层对话会上提出
主要观点：四个倡导
全球文明倡议

全倡议，旨在消弭国际冲突根源、完善全球安全治理，推动国际社会携手为动荡变化的时代注入更多稳定性和确定性，实现世界持久和平与发展。

全球安全倡议，倡导各国坚持共同、综合、合作、可持续的安全观，坚持尊重各国主权和领土完整、不干涉别国内政，坚持遵守联合国宪章宗旨和原则，坚持重视各国合理安全关切，坚持通过对话协商以和平方式解决国家间的分歧和争端，坚持统筹维护传统领域和非传统领域安全。中国坚持积极参与全球安全规则制定，加强国际安全合作，推动全球安全倡议落地见效，构建均衡、有效、可持续的安全架构，走出一条对话而不对抗、结伴而不结盟、共赢而非零和的新型安全之路。

文明多样性是世界的基本特征，人类社会创造的各种文明，都闪烁着璀璨光芒，并跨越时空、超越国界，共同为人类发展进步作出了重要贡献。在各国前途命运紧密相连的今天，不同文明包容共存、交流互鉴，在推动人类社会现代化进程、繁荣世界文明百花园中具有不可替代的作用。2023年3月，习近平总书记在中国共产党与世界政党高层对话会上提出全球文明倡议，指出我们愿同国际社会一道，努力开创世界各国人文交流、文化交融、民心相通新局面，让世界文明百花园姹紫嫣红、生机盎然。

全球文明倡议，倡导尊重世界文明多样性，坚持文明平等、互鉴、对话、包容，以文明交流超越文明隔阂、文明互鉴超越文明冲突、文明包容超越文明优越。倡导弘扬和平、发展、公平、正义、民主、自由的全人类共同价值，以宽广胸怀理解不同文明对价值内涵的认识，不将自己的价值观和模式强加于人，不搞意识形态对抗。倡导重视文明传承和创新，推动各国优秀传统文化在现代化进程中实现创造性转化、创新性发展。倡导加强国际人文交流合作，促进各国人民相知相亲，共同推动人类文明发展进步。

五、高质量共建"一带一路"

2013 年秋，习近平总书记先后提出了共建"丝绸之路经济带"和"21 世纪海上丝绸之路"倡议。这一倡议提出以来，共建"一带一路"从夯基垒台、立柱架梁到落地生根、持久发展，已成为开放包容、互利互惠、合作共赢的国际合作平台。

共建"一带一路"秉持共商共建共享原则，坚持开放、绿色、廉洁理念，以高标准、可持续、惠民生为目标，全面推进政策沟通、设施联通、贸易畅通、资金融通、民心相通，努力建设和平之路、繁荣之路、开放之路、绿色之路、创新之路、文明之路。这一倡议的核心内涵，是促进基础设施建设和互联互通，加强经济政策协调和发展战略对接，促进协同联动发展，实现共同繁荣。这一倡议的最高目标，是在"一带一路"建设国际合作框架内，各方携手应对世界经济面临的挑战，开创发展新机遇，谋求发展新动力，拓展发展新空间，实现优势互补、互利共赢，不断朝着人类命运共同体方向迈进。

"一带一路"建设给地区国家带来了实实在在的利益。我们推动把基础设施"硬联通"作为重要方向，把规则标准"软联通"作为重要支撑，把同共建国家人民"心联通"作为重要基础，取得实打实、沉甸甸的成就。要正确认识和把握共建"一带一路"面临的新形势，不断夯实发展根基，稳步拓展合作新领域，全面强化风险防控，注重加强统筹协调，更好服务构建新发展格局，推动共建"一带一路"沿着高质量发展方向不断前进。

"一带一路"建设跨越不同地域、不同发展阶段、不同文明，是各方共同打造的国际公共产品。共建"一带一路"是经济合作倡议，是开放包容进程，是中国同世界共享机遇、共谋发展的阳光大道。共

"一带一路"倡议提出十周年成果显著

政策沟通
促成合作共识

中国已与150多个国家、30多个国际组织签署了200多份共建"一带一路"合作文件，覆盖中国83%的建交国

设施联通
打造合作网络

截至2023年10月，中欧班列已铺画运行线路86条，通达欧洲25个国家的200多座城市；西部陆海新通道铁海联运班列已覆盖中国中西部18个省（区、市）

贸易畅通
彰显合作活力

2013年至2022年，中国与沿线国家货物贸易进出口额、非金融类直接投资额年均分别增长8.6%和5.8%，与沿线国家双向投资累计超过2700亿美元

资金融通
凸显合作共赢

截至2022年年底，亚洲基础设施投资银行累计批准项目202个，融资额超过388亿美元，已成为共建"一带一路"的重要融资平台。截至2022年年底，丝路基金承诺投资金额超过200亿美元，项目遍及60多个国家和地区。截至2022年年底，中国已在17个共建"一带一路"国家建立人民币清算安排

民心相通
筑牢合作根基

中国企业在共建国家建设的境外经贸合作区已为当地创造了42.1万个就业岗位

数据来源：新华社

建"一带一路"追求的是发展，崇尚的是共赢，传递的是希望，所有感兴趣的国家都可以加入进来。

六、积极参与全球治理体系改革和建设

中国秉持共商共建共享的全球治理观，以勇于担当的精神积极参

与全球治理，坚持国际规则应由各国共同书写，全球事务应由各国共同治理，发展成果应由各国共同分享，与时俱进推动全球治理体系朝着更加公正合理有效的方向改革完善，推动全球治理体系更加平衡地反映大多数国家特别是新兴市场国家和发展中国家的意愿和利益，引领世界格局演变方向，引领人类文明进步走向，维护人类共同利益，守护人类共同家园，为应对层出不穷的全球性挑战贡献力量。

中国坚定维护以联合国宪章宗旨和原则为核心的国际秩序和国际体系，维护和巩固第二次世界大战胜利成果，维护联合国在全球治理中的核心地位，支持联合国发挥积极作用，支持发挥国家、地区、国际组织在全球安全治理中的建设性作用，支持上海合作组织、金砖国家、二十国集团等平台机制化建设，支持扩大发展中国家在国际事务中的代表性和发言权，凝聚共识、加强团结、汇聚合力，推动建设和完善区域合作机制，提高国际社会应对全球性挑战的能力，合作抗击新冠疫情，共同应对地区争端和恐怖主义、气候变化、网络安全、生物安全等全球性问题，推动构建更加公正合理的国际治理体系。

中国坚定不移维护多边贸易体制，摒弃贸易保护主义和双重标准，积极维护开放型世界经济体制，维护世界贸易组织基本原则，维护发展中国家的合法权益。坚持通过磋商协作的方式妥善处理经贸摩

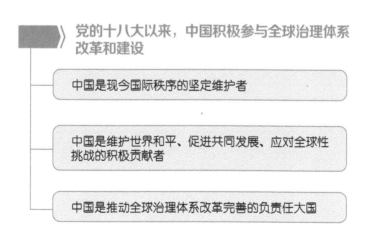

党的十八大以来，中国积极参与全球治理体系改革和建设

中国是现今国际秩序的坚定维护者

中国是维护世界和平、促进共同发展、应对全球性挑战的积极贡献者

中国是推动全球治理体系改革完善的负责任大国

擦，稳步推进区域经济合作步伐，逐步形成以自由贸易区、优惠贸易安排和贸易投资便利化为形式，涵盖多个地区的区域经济合作网络，推动经济全球化朝着更加开放、包容、普惠、平衡、共赢的方向发展。完善国际经贸规则和制度，推动构建面向全球的高标准自由贸易区网络，推动贸易和投资自由化便利化，积极解决全球发展失衡、治理困境、数字鸿沟、公平赤字等问题，努力为建设开放型世界经济作出贡献。

第十五讲

坚定不移全面从严治党

党的十八大以来，以习近平同志为核心的党中央，紧紧围绕"建设什么样的长期执政的马克思主义政党、怎样建设长期执政的马克思主义政党"这一重大时代课题，着眼于经受执政考验、改革开放考验、市场经济考验、外部环境考验"四大考验"，防范精神懈怠危险、能力不足危险、脱离群众危险、消极腐败危险"四种危险"，推进新时代党的建设新的伟大工程，提出了一系列新理念新思想新战略，出台一系列重大方针政策，推出一系列重大举措，推进一系列重大工作，取得了丰硕的实践成果、理论成果、制度成果，推动党的建设取得根本性、全局性、战略性的重大成就，深化了对新的历史条件下党的建设规律的认识，极大丰富和发展了马克思主义执政党建设理论宝库，开辟了马克思主义执政党建设的新境界。

党的十九大报告全面系统提出了新时代党的建设总要求，党的二十大报告强调要落实新时代党的建设总要求。

一、时刻保持解决大党独有难题的清醒和坚定

治国必先治党，党兴才能国强。我们党作为世界上最大的马克思主义执政党，要始终赢得人民拥护、巩固长期执政地位，必须时刻保持解决大党独有难题的清醒和坚定。这是我们党从所处的历史方位、肩负的使命任务、面临的复杂环境出发，深刻把握党的根本性质

和党情国情发展变化，对新时代新征程全面从严治党提出的新的重大命题。

我们党是在马克思主义建党学说指导下按照民主集中制原则建立起来的，在世界上人口最多的国家长期执政，历史久、人数多、规模大，既有办大事、建伟业的巨大优势，也面临治党治国的难题。如何始终不忘初心、牢记使命，如何始终统一思想、统一意志、统一行动，如何始终具备强大的执政能力和领导水平，如何始终保持干事创业精神状态，如何始终能够及时发现和解决自身存在的问题，如何始终保持风清气正的政治生态，都是我们这个大党必须解决的独有难题。解决这些难题，是实现新时代新征程党的使命任务必须迈过的一道坎，是全面从严治党适应新形势新要求必须啃下的硬骨头。

解决大党独有难题，是一个长期而艰巨的过程。要清醒看到，党内一些深层次问题尚未根本解决，一些老问题反弹回潮的可能始终存在，稍有松懈就会死灰复燃，新的问题还在不断出现，党面临的执政考验、改革开放考验、市场经济考验、外部环境考验将长期存在，精神懈怠危险、能力不足危险、脱离群众危险、消极腐败危险将长期存

在。要站在事关党长期执政、国家长治久安、人民幸福安康的高度，把全面从严治党作为党的长期战略、永恒课题，始终坚持问题导向，保持战略定力，发扬彻底的自我革命精神，永远吹冲锋号，把严的基调、严的措施、严的氛围长期坚持下去，把党的伟大自我革命进行到底，确保党永远不变质、不变色、不变味。

健全全面从严治党体系，是加强新时代党的建设、解决大党独有难题的重大举措。构建全面从严治党体系是一项具有全局性、开创性的工作。健全这个体系，需要坚持制度治党、依规治党，更加突出党的各方面建设有机衔接、联动集成、协同协调，更加突出体制机制的健全完善和法规制度的科学有效，更加突出运用治理的理念、系统的观念、辩证的思维管党治党建设党。要坚持内容上全涵盖、对象上全覆盖、责任上全链条、制度上全贯通，使全面从严治党各项工作更好体现时代性、把握规律性、富于创造性。

全面从严治党和鼓励担当作为是内在统一的，不是彼此对立的。严并不是要把大家管死，而是要通过明方向、立规矩、正风气、强免疫，营造积极健康、有利于干事创业的政治生态和良好环境。要坚持"三个区分开来"，坚持严管和厚爱结合、激励和约束并重，更好激发广大党员干部的积极性、主动性、创造性，形成奋进新征程、建功新时代的浓厚氛围和生动局面。

二、坚持和加强党中央集中统一领导

政治建设是党的根本性建设，决定党的建设方向和效果。党的政治建设的首要任务，就是保证全党服从中央，维护党中央权威和集中统一领导。维护党中央权威和集中统一领导，是一个成熟的马克思主义执政党的重大建党原则。

一个政党、一个国家，领导核心至关重要。我们这么大一个党、一个国家，没有集中统一，没有党中央坚强领导，没有强有力的党中央权威，是不行的、不可想象的。维护党中央权威，绝不是一般问题和个人的事，而是方向性、原则性问题，是党性，是大局，关系党、民族、国家前途命运。

全党必须牢固树立政治意识、大局意识、核心意识、看齐意识，坚决维护党中央权威和集中统一领导，自觉地在思想上政治上行动上同党中央保持高度一致。也就是说，全党必须在政治立场、政治方向、政治原则、政治道路上同党中央保持高度一致。每一个党的组织、每一名党员干部，无论处在哪个领域、哪个层级、哪个部门和单位，都要服从党中央集中统一领导，决不允许背着党中央另搞一套。党的各级组织、全体党员特别是党的高级干部都要向党中央看齐，向党的理论和路线方针政策看齐，向党中央决策部署看齐，做到党中央提倡的坚决响应、党中央决定的坚决执行、党中央禁止的坚决不做，确保党中央令行禁止，确保全党步调一致。

党的领导是全面的、系统的、整体的，必须全面、系统、整体加以落实。在国家治理体系的大棋局中，党中央是坐镇中军帐的"帅"。必须把坚持党的领导贯彻落实到改革发展稳定、内政外交国防、治党治国治军等各领域各方面各环节，充分发挥好党总揽全局、协调各方的领导核心作用。

三、全面加强党的思想建设

思想建设是党的基础性建设，坚定理想信念是思想建设的首要任务。中国共产党的理想信念，就是马克思主义信仰、共产主义远大理想和中国特色社会主义共同理想。这是中国共产党人的精神支柱和政治灵魂，也是保持党的团结统一的思想基础。

用党的创新理论武装全党是党的思想建设的根本任务。习近平新时代中国特色社会主义思想是引领党和国家各项事业、各项工作的科学指南。要坚持用习近平新时代中国特色社会主义思想统一思想、统一意志、统一行动，坚持学思用贯通、知信行统一，把习近平新时代中国特色社会主义思想转化为坚定理想、锤炼党性和指导实践、推动工作的强大精神力量，为全党注入当代中国马克思主义、21世纪马克思主义活的灵魂，真正使各级党组织、广大党员干部特别是领导干

 权威声音

习近平（中共中央总书记、国家主席、中央军委主席）：我们党始终高度重视理论武装，每逢重大历史关头，都要用党的创新理论统一全党思想，每次党内集中教育也都坚持把理论学习作为首要任务并贯穿始终，为全党团结统一奠定坚实思想基础。今天，我们党带领全国各族人民迈上了全面建设社会主义现代化国家、全面推进中华民族伟大复兴的新征程，要更好肩负起新时代新征程党的使命任务，迫切需要用新时代中国特色社会主义思想武装头脑、指导实践、推动工作。

部掌握马克思主义中国化时代化的创新理论，提高马克思主义理论水平和实践水平，共同把党的创新理论的真理力量转化为推进新时代中国特色社会主义伟大事业的实践力量。坚持理论武装同常态化长效化开展党史学习教育相结合，引导党员干部不断学史明理、学史增信、学史崇德、学史力行。

加强理想信念教育，把理想信念教育作为思想建设的战略任务，发挥理想信念和道德情操引领作用，教育引导广大党员干部坚守共产党人精神追求，解决好世界观、人生观、价值观这个总开关问题，从党的百年奋斗中感悟信仰力量，弘扬伟大建党精神、赓续红色血脉，牢记初心使命、增强必胜信心，补足精神之"钙"，铸牢思想之"魂"。党员干部要自觉做共产主义远大理想和中国特色社会主义共同理想的坚定信仰者和忠实实践者，真正成为百折不挠、终生不悔的马克思主义战士。

四、坚持制度治党、依规治党

习近平总书记指出，制度问题更带有根本性、全局性、稳定性、长期性。制度治党、依规治党是管党治党最有效的方式。

制度优势是一个政党、一个国家的最大优势。全面从严治党要提升到一个新的水平，必须坚持制度治党、依规治党，着力完善全面从严治党制度。加强党内法规制度建设是全面从严治党的长远之策、根本之策，要以党章为根本，以民主集中制为核心，完善党内法规制度体系，全方位扎牢制度的笼子，更多用制度治党、治权、治吏。

党章是党的总章程，是全党必须共同遵守的根本行为规范，要自觉学习、模范贯彻、严格遵守、坚决维护党章，切实把党章要求贯彻到党的工作和党的建设全过程、各方面。注重党内法规同国家法律的衔接协调，做到系统完备、科学规范、运行有效。必须健全党的领导制度体系，深化党的建设制度改革，健全党领导各类组织、各项事业的制度，完善全面从严治党制度，确保党始终总揽全局、协调各方。

健全党统一领导、全面覆盖、权威高效的监督体系，完善权力监督制约机制，以党内监督为主导，促进各类监督贯通协调，让权力在阳光下运行，推进政治监督具体化、精准化、常态化，增强对"一把手"和领导班子监督实效。

增强党内法规权威性和执行力，坚持制度面前人人平等、制度执行没有特权、制度约束没有例外，加大贯彻执行力度和监督检查力度，不留暗门、不开天窗，坚决杜绝制度执行上做选择、搞变通、打折扣的现象，形成坚持真理、修正错误，发现问题、纠正偏差的机制。

五、贯彻落实新时代党的组织路线

党的力量来自组织。我们党是按照马克思主义建党原则建立起来的，严密的组织体系是马克思主义政党的优势所在、力量所在。全面从严治党，必须以组织体系建设为重点，形成上下贯通、执行有力的严密组织体系。只有党的各级组织都健全、都过硬，形成上下贯通、执行有力的严密组织体系，党的领导才能"如身使臂，如臂使指"。

新时代党的组织路线是：全面贯彻习近平新时代中国特色社会主义思想，以组织体系建设为重点，着力培养忠诚干净担当的高素质干部，着力集聚爱国奉献的各方面优秀人才，坚持德才兼备、以德为先、任人唯贤，为坚持和加强党的全面领导、坚持和发展中国特色社会主义提供坚强组织保证。

中央和国家机关是贯彻落实党中央决策部署的"最初一公里"，

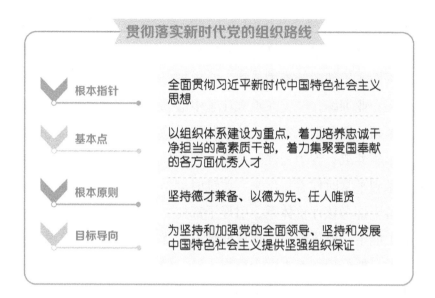

贯彻落实新时代党的组织路线

根本指针	全面贯彻习近平新时代中国特色社会主义思想
基本点	以组织体系建设为重点，着力培养忠诚干净担当的高素质干部，着力集聚爱国奉献的各方面优秀人才
根本原则	坚持德才兼备、以德为先、任人唯贤
目标导向	为坚持和加强党的全面领导、坚持和发展中国特色社会主义提供坚强组织保证

要把中央和国家机关建设成为讲政治、守纪律、负责任、有效率的模范机关。地方党委是贯彻落实党中央决策部署的"中间段"，要把地方党委建设成为坚决听从党中央指挥、管理严格、监督有力、班子团结、风气纯正的坚强组织。基层党组织是贯彻落实党中央决策部署的"最后一公里"，必须继续树立大抓基层的鲜明导向，以提升组织力为重点，完善上下贯通、执行有力的组织体系，增强党组织政治功能和组织功能，把基层党组织建设成为宣传党的主张、贯彻党的决定、领导基层治理、团结动员群众、推动改革发展的坚强战斗堡垒。

六、建设高素质干部队伍

全面建设社会主义现代化国家，必须有一支政治过硬、适应新时代要求、具备领导现代化建设能力的干部队伍。要坚持党管干部原则，坚持德才兼备、以德为先、五湖四海、任人唯贤，把新时代好干部标准落到实处。树立选人用人正确导向，选拔忠诚干净担当的高素质专业化干部，选优配强各级领导班子。坚持把政治标准放在首位，做深做实干部政治素质考察，突出把好政治关、廉洁关。加强实践锻炼、专业训练，注重在重大斗争中磨砺干部，增强干部推动高质量发展本领、服务群众本领、防范化解风险本领。加强干部斗争精神和斗争本领养成，着力增强防风险、迎挑战、抗打压能力，带头担当作为，做到平常时候看得出来、关键时刻站得出来、危难关头豁得出来。完善干部考核评价体系，引导干部树立和践行正确政绩观，推动干部能上能下、能进能出，形成能者上、优者奖、庸者下、劣者汰的良好局面。抓好后继有人这个根本大计，健全培养选拔优秀年轻干部常态化工作机制。关心关爱基层干部特别是条件艰苦地区干部。

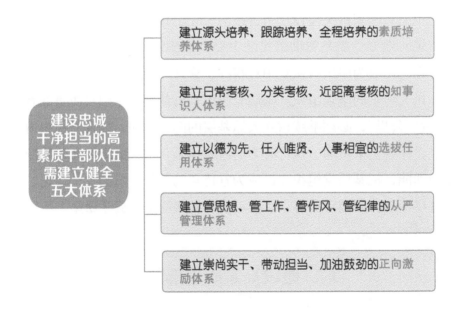

我们党把干部视为事业成败的决定性因素，把人才视为国家兴衰的战略性资源，确立了党管干部、党管人才原则。新时代党的组织路线提出坚持德才兼备、以德为先、任人唯贤的方针，就是强调选干

部、用人才，既要重品德，也不能忽视才干。

党的干部是党和国家事业的中坚力量。党要管党，首要是管好干部；从严治党，关键是从严治吏。必须坚持加强思想淬炼、政治历练、实践锻炼、专业训练，抓好执政骨干队伍和人才队伍建设。坚持党管干部原则，强化党组织领导和把关作用，突出政治标准，坚决纠正选人用人的种种偏向，着力培养选拔信念坚定、为民服务、勤政务实、敢于担当、清正廉洁的好干部。坚持德才兼备、以德为先、任人唯贤的方针，把从严管理干部贯彻落实到干部队伍建设全过程，着力构建素质培养体系、知事识人体系、选拔任用体系、从严管理体系、正向激励体系，建设忠诚干净担当的高素质干部队伍。要建设一支忠实贯彻习近平新时代中国特色社会主义思想、符合新时期好干部标准、忠诚干净担当、数量充足、充满活力的高素质专业化年轻干部队伍，确保党的事业后继有人、永续发展。人才是实现民族振兴、赢得国际竞争主动的战略资源。要坚持党管人才原则，加强对人才的政治引领和政治吸纳，深化人才发展体制机制改革，破除人才引进、培养、使用、评价、流动、激励等方面的体制机制障碍，实行更加积极、更加开放、更加有效的人才政策，形成具有吸引力和国际竞争力的人才制度体系，努力聚天下英才而用之。

七、坚持以严的基调强化正风肃纪

党风问题关系执政党的生死存亡。全面从严治党，必须坚持作风从严、执纪从严，树立和发扬党的优良作风，以严明的纪律管全党治全党。

作风问题核心是党同人民群众的关系问题。加强作风建设，必须紧紧围绕保持党同人民群众的血肉联系，增强群众观念和群众感情，

党的十八大以来，党中央始终坚持以严的基调强化正风肃纪

党中央率先垂范

党的十八大以来的十年

共查处违反中央八项规定精神问题的中管干部265人

集中整治形式主义和官僚主义问题

党的十九大以来的五年

全国纪检监察机关共查处形式主义、官僚主义问题28.2万多件

纠"四风"树新风并举

健全常态化长效化的工作机制，引导社会风气向上向善。中央八项规定已经成为新时代共产党人的"金色名片"

踏石留印、抓铁有痕

截至2023年10月

中央纪委国家监委连续121个月，每个月都通报查处违反中央八项规定精神情况，对典型案例指名道姓通报曝光

坚持为了群众、依靠群众

党的十九大以来的五年

共查处贪污侵占、优亲厚友、雁过拔毛等问题34.7万多件。同时，拓宽群众监督渠道，织密群众监督网

数据来源：中央纪委国家监委网站

不断厚植党执政的群众基础。作风建设是攻坚战，更是持久战，永远在路上，没有休止符，必须聚焦群众反映强烈的突出问题，以"踏石留印、抓铁有痕"的狠劲和韧劲，锲而不舍落实中央八项规定精神，坚持抓常抓细抓长，整治"四风"问题，重点纠治形式主义、官僚主义，坚决破除特权思想和特权行为，保持定力、寸步不让，久久为功、见底见效。

加强纪律建设是全面从严治党的治本之策，要全面加强党的纪律建设，把纪律规矩挺在前面，坚持纪严于法、纪在法前，用严明的

纪律管全党治全党，督促领导干部特别是高级干部严于律己、严负其责、严管所辖。加强纪律教育，强化纪律执行，让党员干部知敬畏、存戒惧、守底线，习惯在受监督和约束的环境中工作生活。坚持惩前毖后、治病救人，强化监督执纪问责，正确运用监督执纪"四种形态"，对违反党纪的问题，发现一起坚决查处一起。

八、坚决打赢反腐败斗争攻坚战持久战

腐败是危害党的生命力和战斗力的最大毒瘤，反腐败是最彻底的自我革命。党风廉政建设和反腐败斗争是一场输不起的斗争，如果任凭腐败问题愈演愈烈，最终必然亡党亡国。反对腐败、建设廉洁政治，保持党的肌体健康，是我们党一贯坚持的鲜明政治立场。坚决打赢反腐败斗争攻坚战持久战充分彰显了我们党坚定不移惩治腐败的坚强决心，宣示了我们党永葆先进性和纯洁性、永葆生机活力的不懈追求。

一体推进不敢腐、不能腐、不想腐，是反腐败斗争的基本方针，也是新时代全面从严治党的重要方略。不敢腐、不能腐、不想腐是相互依存、相互促进的有机整体。不敢腐，侧重于惩治和威慑，让意欲腐败者在带电的高压线面前不敢越雷池半步；不能腐，侧重于制约和监督，让胆敢腐败者在严格监督中无机可乘；不想腐，侧重于教育和引导，着眼于产生问题的深层原因，让人从思想源头上消除贪腐之念。

在不敢腐上要持续加压，始终保持零容忍震慑不变、高压惩治力量常在。坚决惩治不收敛不收手、胆大妄为者，坚决查处政治问题和经济问题交织的腐败，坚决防止领导干部成为利益集团和权势团体的代言人、代理人，坚决防止政商勾连、资本向政治领域渗透等破坏政

一体推进不敢腐、不能腐、不想腐

在不敢腐上
持续加压
震慑力

在不能腐上
深化拓展
约束力

在不想腐上
巩固提升
感召力

把不敢腐、不能腐、不想腐有效贯通起来
三者同时发力、同向发力、综合发力

治生态和经济发展环境。严厉整治发生在群众身边的腐败问题，坚持受贿行贿一起查，惩治新型腐败和隐性腐败，深化反腐败国际合作。在不能腐上要深化拓展，前移反腐关口，深化源头治理，推进反腐败国家立法，加强重点领域监督机制改革和制度建设，健全防治腐败滋生蔓延的体制机制。在不想腐上要巩固提升，更加注重正本清源、固本培元，加强新时代廉洁文化建设，涵养求真务实、团结奋斗的时代新风。把不敢腐、不能腐、不想腐有效贯通起来，三者同时发力、同向发力、综合发力，通过不懈努力换来海晏河清、朗朗乾坤。

第十六讲

掌握马克思主义立场观点方法

一　必须坚持人民至上

二　必须坚持自信自立

三　必须坚持守正创新

四　必须坚持问题导向

五　必须坚持系统观念

六　必须坚持胸怀天下

党的二十大报告指出："继续推进实践基础上的理论创新，首先要把握好新时代中国特色社会主义思想的世界观和方法论，坚持好、运用好贯穿其中的立场观点方法。"报告从6个方面概括和阐述了习近平新时代中国特色社会主义思想的世界观、方法论和贯穿其中的立场观点方法——"六个必须坚持"，即必须坚持人民至上、必须坚持自信自立、必须坚持守正创新、必须坚持问题导向、必须坚持系统观念、必须坚持胸怀天下。这些概括深刻揭示了习近平新时代中国特色社会主义思想的理论品格和鲜明特质，既是深刻理解这一科学思想必须牢牢把握的基本点，也是继续推进实践基础上的理论创新、不断谱写马克思主义中国化时代化新篇章的根本遵循。

习近平新时代中国特色社会主义思想的世界观和方法论，是

习近平新时代中国特色社会主义思想的灵魂和精髓。只有把握好习近平新时代中国特色社会主义思想的世界观和方法论，才能深入领会这一重要思想的道理学理哲理，更加深刻准确全面理解习近平新时代中国特色社会主义思想，做到知其言更知其义、知其然更知其所以然，切实用其武装头脑、指导实践、推动工作，把握发展规律、谋划事业蓝图、应对风险挑战。

坚持人民至上、坚持自信自立、坚持守正创新、坚持问题导向、坚持系统观念、坚持胸怀天下，是新时代中国共产党人理论创新、实践探索、政治品格的集中体现。"六个必须坚持"既阐明是什么、怎么看，又指出为什么、怎么办；既部署"过河"的任务，又指引解决"桥或船"的问题，构成相互联系、内在统一的有机整体，是我们理解把握习近平新时代中国特色社会主义思想的"金钥匙"。

一、必须坚持人民至上

党的二十大报告指出："人民性是马克思主义的本质属性，党的理论是来自人民、为了人民、造福人民的理论，人民的创造性实践是理论创新的不竭源泉。一切脱离人民的理论都是苍白无力的，一切不为人民造福的理论都是没有生命力的。我们要站稳人民立场、把握人民愿望、尊重人民创造、集中人民智慧，形成为人民所喜爱、所认同、所拥有的理论，使之成为指导人民认识世界和改造世界的强大思想武器。"

马克思主义是人民的理论，第一次创立了人民实现自身解放的思想体系，坚持人民至上是对马克思主义政党政治属性和政治功能理论的丰富发展。马克思、恩格斯在《共产党宣言》中指出："过去的一切运动都是少数人的，或者为少数人谋利益的运动。无产阶级的运动是绝大多数人的，为绝大多数人谋利益的独立的运动。"相信谁、为了谁、依靠谁，是否始终站在最广大人民的立场上，是衡量一种思想理论先进性的根本尺度。马克思主义植根人民之中，指明了依靠人民推动历史前进的人间正道。

深阅读

为了人民而发展，发展才有意义；依靠人民而发展，发展才有动力。只有坚持以人民为中心的发展思想，坚持发展为了人民、发展依靠人民、发展成果由人民共享，才会有正确的发展观、现代化观。前进道路上，无论是风高浪急还是惊涛骇浪，人民永远是我们党最坚实的依托、最强大的底气。我们要始终坚持一切为了人民、一切依靠人民，始终与人民风雨同舟、与人民心心相印，想人民之所想，行人民之所嘱，不断把人民对美好生活的向往变为现实。

（摘编自《始终坚持人民至上——论学习贯彻习近平主席十四届全国人大一次会议重要讲话》，《人民日报》2023年3月17日）

习近平新时代中国特色社会主义思想之所以得到亿万人民衷心拥护，就在于其始终秉持人民立场、坚持人民至上，是来自人民、为了人民、造福人民的理论，是人民利益、人民心声的集中表达。坚持人民至上是贯穿习近平新时代中国特色社会主义思想的一条红线。坚持人民至上，彰显了我们党始终同人民同呼吸、共命运、心连心的赤子之心，对充分发挥亿万人民的创造伟力、形成同心共圆中国梦的强大合力具有重大而深远的意义。党的十八大以来，从打赢脱贫攻坚战，到解决人民最关心最直接最现实的利益问题，从推进健康中国、平安中国、美丽中国建设到坚持"人民至上、生命至上"取得新冠疫情防控重大决定性胜利，都充分展现了习近平总书记"我将无我，不负人民"的深厚情怀和使命担当，展现了习近平新时代中国特色社会主义思想的鲜明本色和根本立场。

幼有所育
学前教育毛入
园率89.7%

学有所教
九年义务教育
巩固率95.5%

党的
十八大以来，
人民生活
全方位改善

弱有所扶
各级财政累计支
出基本生活救助
资金2.04万亿元

劳有所得
2022年，全国居民
人均可支配收入比
2012年累计名义
增长123.4%

住有所居
建设各类保障性住房和
棚户区改造安置住房
5900多万套

病有所医
截至2022年年底，基本
医疗保险参保率
稳定在95%

老有所养
截至2022年年底，全国参加
基本养老保险10.5亿人

数据来源：教育部、民政部、住建部、国家卫健委、国家统计局

必须深刻体会"人民"二字在习近平新时代中国特色社会主义思想中的根本性意义，始终坚持人民至上这一根本价值取向。要牢记江山就是人民、人民就是江山，坚持发展为了人民、发展依靠人民、发展成果由人民共享，把促进全体人民共同富裕摆在更加重要的位置，聚焦人民群众对美好生活的新向往新期待，聚焦群众急难愁盼的问题，用心用情用力解民忧，同人民想在一起、干在一起，纾民怨、暖民心，增进民生福祉，从人民群众创造的新经验新做法中汲取智慧和力量，保持党同人民群众的血肉联系，脚踏实地，久久为功，努力实现人的全面发展和社会全面进步。

二、必须坚持自信自立

党的二十大报告指出："中国人民和中华民族从近代以后的深重苦难走向伟大复兴的光明前景，从来就没有教科书，更没有现成答案。党的百年奋斗成功道路是党领导人民独立自主探索开辟出来的，马克思主义的中国篇章是中国共产党人依靠自身力量实践出来的，贯穿其中的一个基本点就是中国的问题必须从中国基本国情出发，由中国人自己来解答。我们要坚持对马克思主义的坚定信仰、对中国特色社会主义的坚定信念，坚定道路自信、理论自信、制度自信、文化自信，以更加积极的历史担当和创造精神为发展马克思主义作出新的贡献，既不能刻舟求剑、封闭僵化，也不能照抄照搬、食洋不化。"

习近平总书记指出："人类历史上，没有一个民族、没有一个国家可以通过依赖外部力量、跟在他人后面亦步亦趋实现强大和振兴。那样做的结果，不是必然遭遇失败，就是必然成为他人的附庸。"

自信自立是马克思主义理论的鲜明特征。马克思在创立和传播真理的过程中展现出强烈的理论自信，坚信他所创立的马克思主义理论的正义性和科学性。习近平新时代中国特色社会主义思想彰显着对马克思主义的坚定信仰、对中国特色社会主义的坚定信念。这种自信自立的鲜明特质，激励着广大党员干部斗志昂扬地为全面建设社会主义现代化国家、全面推进中华民族伟大复兴而团结奋斗。

自信自立是中国共产党素有的精神气度。中华民族的伟大复兴没有现成模式，中国特色社会主义道路，是中国共产党领导人民艰辛探索、独立开辟的。不论过去、现在还是将来，自信自立始终都是我们这样一个大党大国必须坚持的重要原则。习近平新时代中国特色社会主义思想生动体现着独立自主的探索和实践精神，贯穿着坚持走自己

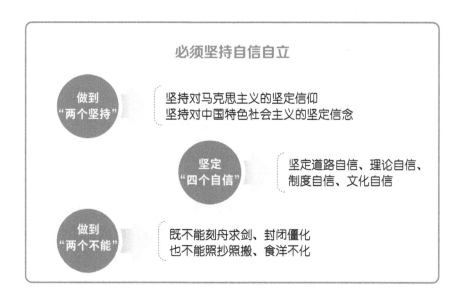

必须坚持自信自立

做到"两个坚持"：坚持对马克思主义的坚定信仰　坚持对中国特色社会主义的坚定信念

坚定"四个自信"：坚定道路自信、理论自信、制度自信、文化自信

做到"两个不能"：既不能刻舟求剑、封闭僵化　也不能照抄照搬、食洋不化

的路的坚定决心和信心。这种自信自立，已经成为中国人民和中华民族的内在气质和精神风貌。

要坚持对马克思主义的坚定信仰和对中国特色社会主义的坚定信念，增强民族自尊心和自信心，坚持我国社会主义的根本性质，坚持发挥党的领导这一最大优势，借鉴古今中外制度建设的有益成果，进一步彰显我国国家制度和国家治理体系各方面的显著优越性和巨大生命力，发挥中国特色社会主义制度具有的强大自我完善和自我发展功能，坚持独立自主、自力更生，坚定斗争意志，增强斗争本领，坚定不移走自己的路，坚持把国家和民族发展放在自己力量的基点上、把中国发展进步的命运牢牢掌握在自己手中，在重大政治问题上有定力、有主见，不信邪、不怕鬼、不怕压，真正做到"千磨万击还坚劲，任尔东西南北风"，以正确的战略策略应变局、育新机、开新局，更好推动中国特色社会主义事业不断向前发展，让中国特色社会主义制度永葆生机活力。

三、必须坚持守正创新

党的二十大报告指出："我们从事的是前无古人的伟大事业，守正才能不迷失方向、不犯颠覆性错误，创新才能把握时代、引领时代。我们要以科学的态度对待科学、以真理的精神追求真理，坚持马克思主义基本原理不动摇，坚持党的全面领导不动摇，坚持中国特色社会主义不动摇，紧跟时代步伐，顺应实践发展，以满腔热忱对待一切新生事物，不断拓展认识的广度和深度，敢于说前人没有说过的新话，敢于干前人没有干过的事情，以新的理论指导新的实践。"

守正创新是中国特色社会主义新时代的鲜明气象，是对马克思主义认识论和唯物辩证法的丰富发展，也是习近平新时代中国特色社会主义思想的显著标识。恩格斯指出："马克思的整个世界观不是教义，而是方法。它提供的不是现成的教条，而是进一步研究的出发点和供

延伸问答

问：为什么说守正创新体现了马克思主义哲学的本质要求？

答：守正创新具有丰富的哲学内涵，体现了马克思主义哲学的本质要求。从辩证唯物主义和历史唯物主义角度看，无论守正还是创新，其本质都是坚持从客观存在的事实出发，坚持把客观事物作为想问题、办事情的根本出发点，尊重历史发展规律，注重认识规律、把握规律和正确运用规律，而不是从任何主观的臆想出发，违背规律和否定规律。守正创新体现了马克思主义认识世界、改造世界的重要方法论。

这种研究使用的方法。"只有坚持好、运用好守正创新这一立场观点方法，才能不断赋予科学理论鲜明的中国特色，才能让马克思主义在中国牢牢扎根。

守正创新，既与中华民族几千年来恪守正道、革故鼎新的文化传统相承袭，又与我们党一贯坚持的与时俱进、求真务实的品格相贯通，是党解放思想、实事求是思想路线的内在要求。中国共产党从事的是前无古人的伟大事业，必须紧跟时代步伐，顺应实践发展，坚持守正创新，不断丰富发展马克思主义。守正与创新相辅相成，体现了"变"与"不变"、继承与发展、原则性与创造性的有机统一。

实践没有止境，理论创新也没有止境。面向未来，必须坚持解放思想、实事求是、守正创新，更好把坚持马克思主义和发展马克思主义统一起来，坚持用马克思主义之"矢"射新时代中国之"的"，以全新的视野深化对共产党执政规律、社会主义建设规律、人类社会发展规律的认识，不断在实践中总结新经验、形成新认识、取得新成果，继续推进马克思主义基本原理同中国具体实际相结合、同中华优

必须坚持守正创新

坚持
"三个不动摇"

坚持中国特色社会主义不动摇
坚持党的全面领导不动摇
坚持马克思主义基本原理不动摇

守正　创新

做到
"两个敢于"

敢于说前人没有说过的新话
敢于干前人没有干过的事情

秀传统文化相结合，既不走封闭僵化的老路，也不走改旗易帜的邪路，回答好中国之问、世界之问、人民之问、时代之问，使马克思主义呈现出更多更鲜明的中国特色、中国风格、中国气派，在新时代伟大实践中不断开辟马克思主义中国化时代化新境界，续写马克思主义中国化时代化新篇章。

四、必须坚持问题导向

党的二十大报告指出："问题是时代的声音，回答并指导解决问题是理论的根本任务。今天我们所面临问题的复杂程度、解决问题的艰巨程度明显加大，给理论创新提出了全新要求。我们要增强问题意识，聚焦实践遇到的新问题、改革发展稳定存在的深层次问题、人民群众急难愁盼问题、国际变局中的重大问题、党的建设面临的突出问题，不断提出真正解决问题的新理念新思路新办法。"

人类认识世界、改造世界的过程，就是一个发现问题、解决问题的过程。马克思主义的一个鲜明特点是贯穿着强烈的问题意识，致力于提出新问题并寻求科学的答案。马克思指出："问题就是公开的、无畏的、左右一切个人的时代声音。问题就是时代的口号，是它表现自己精神状态的最实际的呼声。"毛泽东也指出："问题就是事物的矛盾。哪里有没有解决的矛盾，哪里就有问题。"抓住问题就找到了实践前进的突破点，也就找到了理论创新的生长点。

习近平总书记指出："每个时代总有属于它自己的问题，只要科学地认识、准确地把握、正确地解决这些问题，就能够把我们的社会不断推向前进。"习近平新时代中国特色社会主义思想紧密聚焦中国特色社会主义实践遇到的重大理论和实践问题，把问题作为研究制定政策的出发点，把化解矛盾、破解难题作为打开局面的突破口，充分

习近平（中共中央总书记、国家主席、中央军委主席）：坚持问题导向是马克思主义的鲜明特点。问题是创新的起点，也是创新的动力源。只有聆听时代的声音，回应时代的呼唤，认真研究解决重大而紧迫的问题，才能真正把握住历史脉络、找到发展规律，推动理论创新。

彰显了鲜明的问题意识、问题导向，彰显了强烈的担当精神、斗争精神。这些问题集中概括起来就是新时代坚持和发展什么样的中国特色社会主义、怎样坚持和发展中国特色社会主义，建设什么样的社会主义现代化强国、怎样建设社会主义现代化强国，建设什么样的长期执政的马克思主义政党、怎样建设长期执政的马克思主义政党等。正是基于对这些重大时代课题的准确把握和科学回答，习近平新时代中国特色社会主义思想才能够推动党和国家事业取得历史性成就、发生历史性变革。

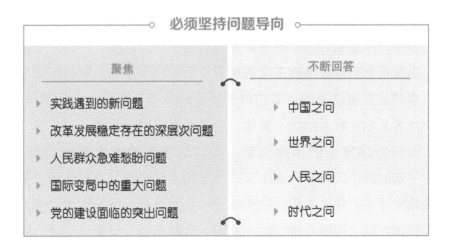

必须坚持问题导向

聚焦	不断回答
实践遇到的新问题	中国之问
改革发展稳定存在的深层次问题	世界之问
人民群众急难愁盼问题	人民之问
国际变局中的重大问题	时代之问
党的建设面临的突出问题	

在全面建设社会主义现代化国家新征程上，必须深刻认识和准确把握外部环境的深刻变化和我国改革发展稳定面临的新情况新问题新挑战，坚持强烈的问题意识、鲜明的问题导向，保持清醒头脑和敏锐眼光，聆听时代声音，回应时代呼唤，把主要精力用在发现、分析、破解事业发展中的矛盾和问题上，不回避、不躲闪，不断发现问题、筛选问题、研究问题、解决问题，以此作为前进的动力、创新的起点，在坚持问题导向中开创事业发展的新局面。

五、必须坚持系统观念

党的二十大报告指出："万事万物是相互联系、相互依存的。只有用普遍联系的、全面系统的、发展变化的观点观察事物，才能把握事物发展规律。我国是一个发展中大国，仍处于社会主义初级阶段，正在经历广泛而深刻的社会变革，推进改革发展、调整利益关系往往牵一发而动全身。我们要善于通过历史看现实、透过现象看本质，把握好全局和局部、当前和长远、宏观和微观、主要矛盾和次要矛盾、特殊和一般的关系，不断提高战略思维、历史思维、辩证思维、系统思维、创新思维、法治思维、底线思维能力，为前瞻性思考、全局性谋划、整体性推进党和国家各项事业提供科学思想方法。"

系统观念是辩证唯物主义的重要认识论和方法论。唯物辩证法认为，事物是普遍联系的，事物内部各要素是相互影响、相互制约的，整个世界是相互联系的统一整体，也是相互作用的系统。

面对错综复杂的国际形势、艰巨繁重的改革发展稳定任务，习近平新时代中国特色社会主义思想坚持系统思维、全局谋划，提出统揽伟大斗争、伟大工程、伟大事业、伟大梦想，统筹推进"五位一体"总体布局、协调推进"四个全面"战略布局，强调经济社会发展

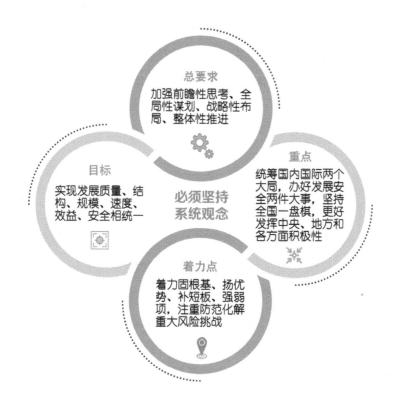

必须综合考虑政治和经济、当前和长远、物质和文化、发展和民生、资源和生态、国内和国际等多方面因素，体现了洞悉时势、总揽全局的系统谋划和战略擘画，为我们应对复杂局面、推动事业发展提供了科学遵循。

我国是一个发展中大国，仍处于社会主义初级阶段，在全面建设社会主义现代化国家新征程上，我们将面对更加深刻复杂变化的发展环境，面对更多两难、多难问题，尤其需要坚持和运用系统观念统筹中华民族伟大复兴战略全局和世界百年未有之大变局，树立正确的历史观、大局观、角色观，深刻认识我国社会主要矛盾转化带来的新特征新要求，深刻认识错综复杂的国际环境带来的新矛盾新挑战，从历史逻辑、实践逻辑、理论逻辑相结合的高度把握历史规律、认识历史趋势、引领历史潮流，用发展而不是静止、全面而不是片面、系统而不是零散、联系而不是孤立的视角认识问题、解决问题，把谋事和谋势、谋当下和谋未来统一起来，处理好各方面关系、统筹好各方面利益、调动好各方面积极性，不断增强工作的系统性、预见性、创造性。

六、必须坚持胸怀天下

党的二十大报告指出："中国共产党是为中国人民谋幸福、为中华民族谋复兴的党，也是为人类谋进步、为世界谋大同的党。我们要拓展世界眼光，深刻洞察人类发展进步潮流，积极回应各国人民普遍关切，为解决人类面临的共同问题作出贡献，以海纳百川的宽阔胸襟借鉴吸收人类一切优秀文明成果，推动建设更加美好的世界。"

无产阶级只有解放全人类才能最后解放自己，这是马克思、恩格斯在《共产党宣言》中阐述的基本原理之一，因此，"坚持胸怀天下"是马克思主义的国际主义题中应有之义。大道之行，天下为公。在百

 权威声音

习近平（中共中央总书记、国家主席、中央军委主席）：大时代需要大格局，大格局呼唤大胸怀。从"本国优先"的角度看，世界是狭小拥挤的，时时都是"激烈竞争"。从命运与共的角度看，世界是宽广博大的，处处都有合作机遇。我们要倾听人民心声，顺应时代潮流，推动各国加强协调和合作，把本国人民利益同世界各国人民利益统一起来，朝着构建人类命运共同体的方向前行。

必须坚持胸怀天下
1 拓展世界眼光
2 深刻洞察人类发展进步潮流
3 积极回应各国人民普遍关切
4 为解决人类面临的共同问题作出贡献

年奋斗历程中，中国共产党始终以世界眼光关注人类前途命运，从人类发展大潮流、世界变化大格局、中国发展大历史正确认识和处理同外部世界的关系，始终站在历史正确的一边，站在人类文明进步的一边，为世界发展和人类进步事业作出了重要贡献。

习近平新时代中国特色社会主义思想描绘了建设持久和平、普遍安全、共同繁荣、开放包容、清洁美丽的世界的美好愿景，为世界和平与促进共同发展提供了中国智慧、中国方案、中国力量，充分体现了以习近平同志为核心的党中央对国际形势变化的深刻把握，为人类和平与发展崇高事业作出了新的重大贡献，展现了中国共产党推动人类文明进步、推动建设更加美好世界的博大胸怀，凸显了中国特有的大国风范、大国担当。

当前，面对世界之变、时代之变、历史之变，必须拓展世界眼光，纵览天下大势，坚持求同存异、聚同化异，坚持对话而不对抗、拆墙而不筑墙、融合而不脱钩、包容而不排他，推动建设相互尊重、公平正义、合作共赢的新型国际关系，推动不同文明交流互鉴，促进各国人民相知相亲，为破解人类共同挑战开拓新思路、探索新路径，为推动世界持久和平发展、繁荣进步提供思想启迪，在美人之美、美美与共中建设更加美好的世界。

后 记

　　为了帮助广大党员干部深入学习贯彻习近平新时代中国特色社会主义思想，我们组织有关方面专家、学者编写了本书，并邀请天津大学马克思主义学院院长颜晓峰同志审读统稿，在此一并表示感谢。

　　不妥之处，敬请读者批评指正。

编者

2023 年 7 月